Otelo

CB046879

WILLIAM SHAKESPEARE

Otelo

TEXTO ADAPTADO POR
JÚLIO EMÍLIO BRAZ

Principis

Esta é uma publicação Principis, selo exclusivo da Ciranda Cultural
© 2021 Ciranda Cultural Editora e Distribuidora Ltda.

Texto William Shakespeare	Produção editorial e projeto gráfico Ciranda Cultural
Adaptação Júlio Emílio Braz	Diagramação Fernando Laino Editora
Preparação Maria Stephania da Costa Flores	Imagens GeekClick/Shutterstock.com; wtf_design/Shutterstock.com;
Revisão Fernanda R. Braga Simon Karine Ribeiro	Epine/Shutterstock.com; Slastick_Anastasia Dudnyk/Shutterstock.com; RATOCA/Shutterstock.com

Dados Internacionais de Catalogação na Publicação (CIP) de acordo com ISBD

S527o	Shakespeare, William
	Otelo / William Shakespeare ; adaptado por Júlio Emílio Braz. - Jandira, SP : Principis, 2021. 128 p. ; 15,5cm x 22,6cm. - (Shakespeare, o bardo de Avon)
	Tradução de: Othello Inclui índice. ISBN: 978-65-5552-182-5
	1. Literatura inglesa. 2. Tragédia. I. Braz, Júlio Emílio. II. Título. III. Série.
2020-2474	CDD 822 CDU 821.111-2

Elaborado por Vagner Rodolfo da Silva - CRB-8/9410

Índice para catálogo sistemático:
1. Literatura inglesa 822
2. Literatura inglesa 821.111-2

1ª edição em 2021
www.cirandacultural.com.br
Todos os direitos reservados.
Nenhuma parte desta publicação pode ser reproduzida, arquivada em sistema de busca ou transmitida por qualquer meio, seja ele eletrônico, fotocópia, gravação ou outros, sem prévia autorização do detentor dos direitos, e não pode circular encadernada ou encapada de maneira distinta daquela em que foi publicada, ou sem que as mesmas condições sejam impostas aos compradores subsequentes.

"Otelo é uma das poucas criações humanas – quatro ou cinco – que merecem o qualificativo de perfeitas..."

WALTER SAVAGE LANDOR
Escritor e poeta inglês

"Essa tragédia shakespeariana é a retração da maneira como a arte explora a realidade, imitando a sua complexidade. A honra, a reputação, a fidelidade e o preconceito denunciados na literatura funcionam como categorias morais e éticas que servem de arcabouço para o estudo dos institutos da ética, da moral e do Direito."

ÂNGELA BARBOSA FRANCO
Professora de Direito da Escola de Ensinos Superiores de Viçosa

MARIA CRISTINA PIMENTEL CAMPOS
Professora Associada e Doutora em ensinos literários da Universidade Federal de Viçosa

Acautelai-vos, senhor, do ciúme,
é um monstro de olhos verdes,
que zomba do alimento de que vive.
Vive feliz o esposo que, enganado,
mas ciente do que passa,
não dedica nenhum afeto a quem lhe causa ultraje.
Mas que minutos infernais não conta
quem adora e duvida, quem suspeitas
contínuas alimenta e ama deveras!

OTELO – Ato III – Cena III

SUMÁRIO

A SERENÍSSIMA REPÚBLICA 11
AMOR 15
RESSENTIMENTO 19
INSÍDIA 22
NOITE ATRIBULADA 27
TENSÃO E INCONFORMISMO 32
CONSPIRAÇÃO 40
TEMPESTADE 43
UM TOLO GESTO SEM IMPORTÂNCIA 48
MAQUINAÇÕES 54
PRESA FÁCIL 57
UM HOMEM DESESPERADO 66
SUSPEITA 71
O LENÇO 79
CORAÇÃO INQUIETO 84
TRANSTORNADO 90
DOR E DECEPÇÃO 100
A INSATISFAÇÃO DE RODRIGO 106
EXPECTATIVAS 110
EMBOSCADA 113
DESENLACE DE SANGUE 119

A SERENÍSSIMA REPÚBLICA

Aquela que conheceríamos como a Serreníssima República de Veneza começou em meados do século V d.C., pouco depois da queda do Império Romano do Ocidente. No princípio, ninguém poderia imaginar que ela viria a ser uma das potências políticas e econômicas da Idade Média. Na verdade, sua origem foi modesta e fruto da árdua luta pela sobrevivência.

Naqueles tempos, a Europa via-se assolada pelas mais diversas ondas de invasores, que passariam a ser conhecidos ou identificados de forma genérica por "bárbaros". Com o fim do poderio militar e organizacional do Estado romano, o continente fragmentou-se em pequenos Estados feudais, que pouco ou nada podiam fazer para enfrentar tais invasões, empenhados que estavam em garantir a própria sobrevivência. Não seria diferente entre as pequenas cidades e aldeias do Norte do que viria a se constituir mais de mil anos mais tarde na Itália.

Premidos pelo medo e conscientes de que deveriam se estabelecer em lugares de cada vez mais difícil acesso ou que pelo menos lhes garantissem um ponto estratégico para a própria defesa, os primeiros habitantes daquela que viria a ser a cidade-Estado mais poderosa do Mediterrâneo foram aos poucos se estabelecendo no território inóspito de uma laguna e espalhando-se por suas mais de cem ilhas e ilhotas, interligando-as com uma infinidade de pontes e canais; os prédios não diretamente construídos sobre sua precariedade territorial, mas em plataformas de madeira apoiadas por estacas no chão. As milhares de palafitas encravadas basicamente na lama, que no princípio aglutinavam um amedrontado grupo de colonos interessados apenas em um refúgio seguro e até mesmo temporário, fruto mais do desespero e da necessidade do que de algum planejamento, aos poucos, por força até de sua difícil acessibilidade e, consequentemente, da resistência aos invasores que continuavam a devastar as regiões vizinhas, foram atraindo novas e cada vez mais numerosas levas de refugiados. A cidade cresceu vertiginosamente e espalhou-se em todas as direções, apesar das dificuldades que a acompanharam desde sua origem e se agravaram como parte indissociável de seu crescimento e poderio.

Partindo das ilhas arenosas de Torcello, Jesolo e Malamoco, a laguna inóspita e vencida à mercê de muito esforço e engenhosidade transformou-se em um mar interior fervilhante de gente de Torcello, ao Norte, até Chioggia, ao Sul, unificando os pequenos aglomerados que surgiam nas ilhas ao redor, fossem eles vilas de pescadores, de artesãos, como Murano, mas, acima de tudo, de comerciantes e financistas que fugiam de suas cidades no continente. Foram as novas levas de colonos endinheirados que fomentaram o crescimento da cidade, com seus interesses e necessidades. Era preciso fortalecer as ilhas, e isso levou à obrigação de drená-las, ampliá-las e, obviamente, reforçar todo o frágil ambiente com sucessivas construções de canais e o escoramento de suas margens com estacas de madeira, tão próximas umas das outras que chegavam a se tocar. E já se prestavam a fundações para os prédios.

Veneza cresceu de modo extraordinário e enriqueceu na mesma medida. A Rainha do Adriático, como viria a ser conhecida, seria transformada em uma potência militar e econômica. Em uma cidade onde convertiam-se em nova necessidade a opulência e a riqueza, materializaram-se construções esplendorosas como a Piazza San Marco, o Palazzo Ducale, San Zanipodo, San Giorgio Maggiore. As grandes fortunas, por meio de um grande mecenato, foram igualmente responsáveis pela atração de grandes artistas para seus palácios e cortes.

Nascida da natural intimidade com o mar, Veneza se transformou também em terra de hábeis navegadores e construtores navais, tanto quanto de comerciantes que a elevaram à condição de superpotência econômica a partir do século IX, quando se transformaria também na operosa República, que, no seu auge, governaria inteiramente o Adriático, controlaria o comércio entre o Crescente Fértil e a Europa, os vários impérios do Oriente e se permitiria rivalizar em poder político com a própria Igreja Católica, dando-se ao luxo de muitas vezes ignorá-la em diversas questões, algo impensável para a maioria dos reinos da época.

Desprezível em termos agrícolas – além das tainhas e das enguias da laguna e das várias salinas, Veneza não produzia nada –, a cidade era vulnerável à fome, o que explica sua natural vocação marítima e comercial. As lutas contra piratas croatas, que duraram mais de cento e cinquenta anos, e por esse tempo se constituíram em seu maior obstáculo no avanço pelo Adriático, prestaram-se igualmente a levá-los ao desenvolvimento de uma marinha temível e quase invencível. Suas embarcações foram as primeiras a montar armas de pólvora a bordo, e a necessidade de defesa obrigou-os a organizar um eficiente sistema de estaleiros navais, arsenais e fabricantes de velas, a fim de que sua marinha estivesse continuamente no mar, compensando as perdas em combates e nos frequentes naufrágios.

Os primórdios da República remontavam a meados do século VII, quando as famílias ricas da cidade, aproveitando-se da fragilidade dos governantes nomeados pelo Império Bizantino (que conquistara Veneza no século anterior), nomearam Paololucio Anafesto como o primeiro doge – título dado a seus governantes e que, no começo, era de caráter hereditário e vitalício e, mais tarde, eletivo e vitalício, após diversas lutas entre as mesmas famílias pelo poder. Singular em sua origem e constituição, a República Veneziana desde o início foi fruto da preocupação de seus fundadores de que apenas um homem, o Dux (ou doge), tivesse todo o poder em suas mãos e de que qualquer um os governasse, em especial quando tal pessoa se mostrasse prejudicial a seus interesses econômicos. Para evitar isso, várias instituições foram criadas, e regras rígidas foram instituídas. Na prática, estabeleceu-se a partilha do poder entre o Dux e as famílias de patrícios, que controlavam a economia da República (no seu apogeu, contada em número de duzentas famílias), o chamado *collegio*, que formaria uma espécie de poder executivo.

Hábeis negociadores levaram a República a espalhar-se rapidamente. Seus embaixadores gozavam de amplos privilégios não apenas junto do Império Bizantino, mas também entre os muçulmanos, mesmo depois de o Concílio de Latrão, em 1261, proibir tais relações comerciais.

Veneza expandiu seu poder com o comércio da seda e de especiarias de Constantinopla, explorando o lucrativo negócio da compra de escravos no Sul da Rússia para vendê-los no Norte da África e em sentido contrário, vendendo na Europa os que eram adquiridos em Alexandria e na Turquia. Peixe da Dalmácia, ferro dos Alpes e tecidos de outras partes da Ásia Menor eram também suas fontes de lucro. Em 1204, com o advento da Quarta Cruzada, teria início o período de grande apogeu da República Veneziana. Tendo à frente o doge Enrico Dandolo, as galés de Veneza tomariam Constantinopla, e o Império Grego seria dividido entre os cruzados e os venezianos. Estes ficariam com diversos bairros comerciais de cidades da Síria, da Palestina, de Creta e de Chipre. Nesse mesmo período, Marco Polo empreenderia sua famosa viagem à China, símbolo maior do forte espírito empreendedor da Sereníssima República, que se aventuraria para além de suas fronteiras naturais, enveredando por outras partes da Europa e chegando mesmo a estabelecer colônias em cidades como Southampton e Londres, na Inglaterra, e Bruges, nos Países Baixos.

A triste história de Otelo e Desdêmona se passa nesse período de grande poder e opulência, quando as galés venezianas eram senhoras absolutas de todos os mares conhecidos e os exércitos da República contavam com grandes contingentes de mercenários para impor, espalhar e manter o seu poder. Conta-se mais ou menos assim...

AMOR

Ela saiu da escuridão e lançou-se a seus braços, submissa a seu amor, vitimada pela paixão que a desobrigou de compromissos e compreensões acerca de riscos à justa revolta que sobreviria na alma de seu pai quando tomasse conhecimento de seu gesto. Em contrapartida, assenhoreou-se daquele que muitos temiam, mas que dominava com a delicadeza melíflua de suas palavras, com a centelha hipnótica de seu olhar.

A ansiedade, porém, cresceu no coração dele e, por instantes, o medo que o alcançou foi infinitamente maior do que aquele causado pela aparição do pior de todos os inúmeros inimigos que enfrentou ou ainda enfrentaria.

"Isso foi há muito tempo", pensou.

Aquela emoção fez-se encanto e foi apenas aumentando quando a identificou na distância e seus olhos se encontraram. Como da primeira vez.

Que dizer?

Que fazer?

Que esperava por ambos?

Tudo na vida tem consequências, e à paixão misturavam-se as muitas dúvidas de seu gesto. Os que até então o amavam certamente acabariam por odiá-lo e o perseguiriam. Poder e honrarias poderiam simplesmente se desfazer em um instante, lançá-lo à infâmia e destruir a expectativa de honra e decência não apenas de si, mas daquela que se aproximava e que ele tanto amava, a ponto de entregar-se àquela loucura que se investia de toda sorte de riscos e que poderia destruir a ambos.

Ah, amor...

Inimigo invencível, implacável destruidor de vidas e terrível manipulador de vontades.

Enquanto ela se aproximava, ele voltava a tempos não tão distantes, mas bem mais tranquilos, quando sua única preocupação se prendia à sobrevivência cotidiana diante dos inimigos nos campos de batalhas e, mais frequentemente, nos insidiosos e traiçoeiros salões elegantes dos belos palácios de Veneza. Tempos em que o pai dela, como outros tantos, recebiam-no de braços abertos em suas casas e o tratavam com a deferência cabível e esperada por aqueles que faziam a grandeza da poderosa República e a riqueza de seus ainda mais poderosos comerciantes, como Brabâncio.

Naqueles tempos, todos se interessavam pela sua existência permeada de sofrimentos e das mais mirabolantes aventuras. As perguntas se repetiam, e a elas tinha paciência de satisfazer, falando de cada ano com riqueza de detalhes, enveredando pela minúcia dos mais remotos dias de uma infância abruptamente interrompida pela violência de um ataque de muçulmanos que matou seus pais e irmãos e que mais tarde o levou a ser vendido como escravo. O interesse crescia à medida que as situações perigosas que narrava percorriam um doloroso itinerário de humilhações e castigos e da crueldade por vezes insuportável nas mãos de seus senhores turcos. As peripécias que o levaram a se transformar em um formidável guerreiro ainda nos primeiros anos de uma adolescência forjada em prélios sangrentos, cercos devastadores e toda sorte de acontecimentos inesperados, quando sua vida invariavelmente esteve por um fio, prestaram a lhe conferir a fama de audaz e, por fim, a tão desejada liberdade. Todos se sentiam honrados por recebê-lo em seus palácios e se aglomeravam em torno dele, sequiosos por suas narrativas dos perigos em campos de batalha longínquos e diante de inimigos que a todos assombravam pela ferocidade; dos muitos acidentes a que lograra sobreviver no mar e em terra, onde igualmente se aventurara através de cavernas descomunais, penhascos assombrosos e traiçoeiros, ilhas misteriosas e perpassadas de inumeráveis riscos e habitadas pelos mais surpreendentes povos, provocando especial horror com aquelas histórias de tribos de tenebrosos comedores de carne humana ou que se escondiam nas profundezas da terra, entre outros tantos. Foi em uma daquelas reuniões memoráveis que seus olhos se encontraram com a intensa curiosidade e com os belos olhos verdes da filha de Brabâncio.

Mesmo com os afazeres da casa quase sempre lhe tomando todo o tempo, aos poucos foi percebendo que ela roubava deles uns poucos minutos e avançava às escondidas sempre que os visitava, mais e mais interessada em suas histórias, os ouvidos ávidos por ouvi-lo, para partilhar de sua existência, seu encantamento, aos poucos, em tudo se assemelhando ao dele, o que o levava a provocar mais interesse e a dedicar-se a inventar subterfúgios para, de um lado, aumentar mais e mais o seu interesse e, por outro, encontrar meios e maneiras de fazer com que os pais permitissem que um se aproximasse do outro.

Às primeiras lágrimas amealhadas com as façanhas que constituíam sua existência seguiu-se a comoção generosa de sua juventude, que a levava a procurar mais e mais a companhia dele, um interesse tão tocante que em pouco tempo se transformou em paixão das mais sinceras e, por fim, em um amor arrebatador que transformaria em inescapável suplício as horas passadas um longe do outro.

Aquele que se fazia facilmente temido nos campos de batalha e que em tempo algum recuara de perigos ou inimigos viu-se logo vencido pelo encantamento despertado por uma bela jovem de olhos verdes. Rendeu-se mesmo antevendo a grande resistência que provocaria no seio da família do poderoso Brabâncio. Desfez-se de toda prudência num ímpeto de paixão; disse-lhe tudo, declarou-se e falou com honestidade sobre o grande amor que nutria por ela e, no coração dela, encontrou igual ou ainda maior retribuição.

Ela o amou e, apesar dos temores que cercaram tão intempestiva decisão, declarou que não conseguia viver sem a companhia dele e até às maiores loucuras prazerosamente se atiraria para estar a seu lado e merecer seu amor. Nada temeria, nada os separaria. Nem a família nem os muitos amigos que, percebia, olhavam com cada vez maior reserva a relação entre ambos.

"Apenas você tem a capacidade de pôr fim a todo amor que carrego em meu coração". Tais palavras se repetem em sua mente desde que ela as pronunciara pela primeira vez. Comoveu-se às raias da insensatez e da prudência. Arremeteu e se entregou a tanto amor em igual medida.

– Que caia a maior destruição sobre a minha existência se eu passar mais um dia sem você, minha senhora – foi o que ele disse, em um compromisso apaixonado, quando enfim se decidiram pela fuga logo ao anoitecer. Fugir e casar-se.

A escuridão de repente deixou de ser o último empecilho a separá-los, e, quando a abraçou demoradamente, a fuga deixou de ser apenas uma possibilidade para se converter em um caminho sem volta. Otelo e Desdêmona apenas partiram, fugiram para viver o seu amor, a despeito de todas as consequências possíveis, conhecidas e esperadas.

– Permita o céu que nosso amor e nossa felicidade cresçam como os dias que ainda temos de vida – seria o único e repetido pedido que Desdêmona lhe faria desde o momento que saíram da igreja, já casados.

RESSENTIMENTO

– Pois já escolhi meu oficial.

A frase feriu Iago de morte. Não o privou da própria vida nem da intenção de fazê-lo. No entanto, o ressentimento converteu-se rápido em veneno e desde então vinha aos poucos consumindo-lhe a sanidade, mas, acima de tudo, os bons sentimentos. Infelicidade. Algo drástico. Incompreensível, pois, verdade seja dita, ele decerto os tivera e a tão bons sentimentos facilmente agregar-se-iam outros tantos quanto coragem e, o maior deles, um senso de exemplar fidelidade àquele que acompanhava há tantos anos e cuja vida, em mais de uma ocasião, salvara.

A fragilidade de uma bolha de sabão. Tantos e tão bons sentimentos se foram com a mesma rapidez e fragilidade de uma bolha de sabão.

– Pois já escolhi meu oficial.

Ingratidão. Uma grande, imensa ingratidão.

Sentiu-se traído em seus muitos anos de dedicação e fidelidade.

Cinco ou seis palavras ditas até com leviandade, e Iago submergiu na amargura tão comum àqueles que se sentem desprezados ou amesquinhados, deixados de lado, como algo sem valor. Inconformado, não aceitava a decisão de seu comandante. Por mais que explicasse e alegasse fundamentadas razões, fugia-lhe de todo a aceitação de ser deixado de lado em prol de escolha incompreensível de um matemático, um indivíduo vindo de Florença e que jamais comandara sequer um soldado em um campo de batalha, que da guerra sabia menos do que uma fiandeira, um erudito que decerto seria capaz de extrair prodígios de inteligência dos muitos livros que carregava consigo, mas era absurdamente um idiota com uma espada na mão.

Inacreditável.

Como pudera Otelo ser capaz de privá-lo de tão justa promoção a tenente?

Como poderia relegá-lo ao cargo de simples alferes e, portanto, submisso aos caprichos de um reles devorador de livros, um construtor de frases bonitas e um calculista, capaz de entreter centenas, com a cabeça cheia de números, mas uma nulidade até no menor e menos significativo campo de batalha?

O que se passara na cabeça de Otelo? Que artimanha palaciana fora capaz de levá-lo a ignorá-lo, logo ele, que há tempos lhe oferecia provas rotineiras de sua fidelidade e de imensa habilidade nos campos de batalha, onde esteve sempre a seu lado?

Apesar de ter a exata compreensão de que as promoções via de regra eram conquistadas por meio de palavrórios inúteis mas sedutores, nos salões de palácios suntuosos, onde a lisonja e a subserviência se transformavam em armas mais eficazes do que o companheirismo construído à força das armas e na linha de frente de encarniçadas batalhas, a revolta cresceu em seu coração, e a custo obrigou-se a se controlar antes de fazer alguma besteira. Um perigoso desejo de vingança perambulou por seus pensamentos como vontade frequente a lhe tirar o sono e, por pouco, a própria sanidade. Devagar foi se acalmando, não se resignando, mas, antes, apegando-se à sabedoria que vem com a paciência e a certeza de que o tempo é o maior conselheiro em momentos como aquele. Em vez de se afastar, magoado, sentindo-se desprestigiado, tornou-se mais próximo, não exageradamente, para não despertar suspeita, mas única e tão-somente para tranquilizar seu comandante, para torná-lo descuidado com relação aos sentimentos que alimentavam o prato frio de sua irremovível vingança. Em pouco tempo deixou de ser o que sempre fora, entregou-se às aparências, fez-se outro, invisível aos olhos de Otelo, fiel seguidor de seus próprios interesses, distante do que fora, subserviente até os limites da falsidade. Em sua nova relação consigo, descobriu-se convivendo com outra pessoa dentro de si, uma nova personalidade que até então hibernava no ponto mais obscuro de sua existência. Um grande aliado.

Como consequência, o ressentimento diluiu-se bem devagar. Substituiu-se a raiva, indesejável e má conselheira, pela paciência atenta que o levou a acompanhar-lhe os passos e as ações, por menores e menos significativos que fossem. Em igual medida, por meio de silenciosa porém persistente observação, identificou outros ressentimentos que rodeavam Otelo. A insatisfação de outros militares. O preconceito de muitos dentre os membros do Conselho da República, que se indignavam ou se enchiam de suspeita com a excessiva relevância que se atribuía ao Mouro. Arregimentou dentre eles novos e bons aliados. Insinuou-se em seus corações, alimentando a animosidade particular de cada um deles com palavras, insinuações e comentários. Sem pressa alguma, mas bem ao contrário, com extrema cautela, foi erodindo a confiança depositada em Otelo. Do mesmo modo, foi assim que percebeu o crescente interesse da bela Desdêmona por ele e, em resposta, o envolvimento que se transformou rapidamente em paixão deste por ela.

A fuga de ambos seria mera questão de tempo, disse de si para si, enquanto os espreitava em uma das muitas ocasiões em que, vigiando Otelo, o viu esgueirar-se para dentro da casa de Brabâncio.

INSÍDIA

Seu nome era Rodrigo. Alto e esguio, acostumara-se a prender os longos cabelos acinzentados por trás das orelhas e as pontas do bigode, lustradas e caindo-lhe pelos cantos da boca estreita e sem lábios. O queixo proeminente apontava de modo arrogante para a frente, e o cavanhaque ralo que o encobria aparentava ter mais a função de esconder a cicatriz coleante e esbranquiçada que o enfeava. Aliás, peculiaridade que explicava os trajes elegantes que usava e a exagerada preocupação com a própria aparência.

Iago o tinha pela conta de vaidoso tanto quanto facilmente suscetível às suas palavras. Um entre os vários aliados que amealhara nos últimos tempos. Um dos mais fiéis.

– Fica aqui mesmo a casa do pai dela? – perguntou ao pararem na frente do opulento palacete de Brabâncio.

Iago anuiu com um aceno de cabeça e insistiu:

– Vamos, homem, grite! Grite como se apenas o pai de Desdêmona pudesse salvar-lhe a vida!

Rodrigo hesitou por um instante.

– Você acredita que ele virá?

Iago o xingou e o deixou sem resposta. Virando-se para o enorme vulto que se agigantava diante de seus olhos, gritou:

– Ladrões! Acorde, senhor Brabâncio! Sua casa, sua mulher e filha e seus cofres correm perigo!

Rodrigo encheu-se de ânimo e um pouco depois se juntou a ele:

– Brabâncio! Acorde, senhor Brabâncio!

Uma das janelas iluminou-se no segundo andar do palacete e, a figura maciça e sonolenta, com rosto largo transformado em temível careta de contrariedade e iluminado pelo clarão avermelhado de um archote, materializou-se na escuridão.

– Que se passa? – rugiu ele, o archote erguido temerariamente, quase uma ameaça, buscando identificar os vultos que se agitavam na ruela estreita e às escuras. – Qual o motivo de toda essa confusão?

Rodrigo, aparentando preocupação, adiantou-se e, deixando-se iluminar pelas chamas, perguntou:

– Senhor, está aí dentro toda a sua família?

Mesmo preferindo manter-se às sombras, Iago ajuntou:

– Todos os seus quartos estão fechados?

Brabâncio irritou-se com as repetidas indagações e berrou:

– Quem quer saber? Por que acreditam que lhes devo tal satisfação?

– Misericórdia, meu senhor, vá se vestir! – insistiu Iago, dissimulando forte aflição em sua voz. – Não temos tempo a perder.

– Do que está falando, seu biltre?

– O senhor foi roubado! O coração certamente irá explodir quando souber o tamanho de sua perda!

– Que despropósito...

– Por Deus, meu senhor – insistiu Iago. – Agora mesmo, enquanto discutimos, o bode negro está cobrindo sua preciosa ovelha branca...

– Que tolice está me dizendo, seu louco?

– Toquem os sinos! Despertem todos os cidadãos que dormem e corramos o mais depressa que pudermos ou muito em breve o senhor se tornará avô.

– Do que está falando? Perdeu o juízo?

Nesse momento, ansioso, Rodrigo avançou ainda mais, esforçando-se para que o clarão do archote de Brabâncio o iluminasse por completo.

– Não me reconhece, senhor Brabâncio? Sou Rodrigo. O nome não...?

– Ah, é você, seu biltre? Eu não o proibi de voltar aqui? Não lhe disse que minha filha não era para seu bico?

– Decerto, e eu...

– Então o que está fazendo aqui, provavelmente bêbado, perturbando o meu repouso?

– Meu senhor, por caridade...

– Desapareça ou terá a oportunidade de saber quanto posso fazer com o posto que tenho na República para que se arrependa amargamente até do dia em que nasceu!

– Paciência, senhor, e eu lhe direi tudo o que...

– Por que me fala de roubo?

Impaciente e percebendo que Rodrigo se atrapalhava com as próprias palavras, mas principalmente no temor crescente que lhe provocava a violenta e ameaçadora verborragia de Brabâncio, Iago interferiu, buscando ser persuasivo:

– Que pecado, senhor. Estamos aqui, preocupados com a sua honra e com aquela que ama, e somos recebidos como velhacos e merecedores apenas de sua raiva e desconfiança. Porventura o senhor quer que sua doce filha seja coberta por um cavalo berbere e que muito em breve seus netos relinchem atrás de você?

– Quem é você, verme sem pudor? Como ousa?

– Sou apenas um homem indignado que se arrisca única e exclusivamente para vir até aqui e alertá-lo de que o Mouro que esta cidade inteira idolatra, abusando de sua confiança e admiração, acaba de tirar desta casa o seu bem mais precioso, que é sua filha.

A primeira reação de Brabâncio diante de tão surpreendente revelação foi xingar aquele que considerava ser o responsável por tal infâmia e ameaçá-lo:

– Você vai me pagar bem caro por essa calúnia, Rodrigo!

– E eu me coloco desde já à sua disposição para responder pelo crime de que me acusa! – replicou Rodrigo. – No entanto, reitero que digo a verdade e queria saber se foi com seu consentimento que sua linda filha, na calada da noite e contando com a cumplicidade de um gondoleiro, saiu em companhia de um sujeito que em tudo se assemelha a um velhaco e com quem pretende casar-se.

– Está louco, patife? Terá a bebida lhe furtado o juízo e a sanidade?

– Se o senhor sabe de tudo e concorda com isso, realmente o ofendo, e será justa sua revolta. No entanto, se desconhece tudo e não deu permissão para que sua linda filha se casasse com o Mouro, apresse-se...

Brabâncio inquietou-se. Diante da obstinação de Rodrigo e da insistência com que repetia sua acusação, titubeou e, em pouco tempo, tenso, afastou-se da janela e desapareceu no interior do palacete, aos gritos, despertando todos que encontrava pelo caminho. Novas janelas iluminaram-se nos dois andares, e a barulhenta confusão de passos apressados espalhou-se. Das portas que se abriram um pouco depois saíram vários servos, carregando archotes e acompanhando Brabâncio, que se distanciava pela rua e pelas várias vielas próximas.

Iago puxou Rodrigo para dentro de uma delas e tapou-lhe a boca ao mesmo tempo em que explicava:

– Não é prudente e muito menos recomendável que eu fique mais tempo por aqui ou me junte ao senador. Não posso ser chamado a testemunhar contra qualquer um, muito menos contra o Mouro. Além do mais, duvido que, mesmo acusado por Brabâncio, o Estado se disponha a dispensar os serviços dele, ainda mais agora que se avizinha nova campanha contra os cipriotas.

Rodrigo retirou a mão de Iago com um forte repelão e, com aparente confusão, indagou:

– O que pretende fazer então?

– Por enquanto ele precisa acreditar em minha amizade. Você terá que encaminhar Brabâncio e a turba que ele está reunindo para vingar-se da afronta de Otelo para o albergue do Sagitário...

– Por quê?

– Ora, porque foi para lá que ele levou Desdêmona, e certamente os dois ainda estão naquele lugar.

– Mas como lhe contarei isso sem despertar suspeita?

Vários archotes iluminaram uma das esquinas no final da rua. Rodrigo e Iago viram Brabâncio e um enorme grupo de homens avançar na direção de ambos.

– Ele está voltando! – gritou Iago, correndo para dentro de um dos becos e desaparecendo na escuridão.

Rodrigo o acompanhou com os olhos e, por um instante, chegou a pensar em acompanhá-lo na fuga, temendo a confusão da turba perceptivelmente contrariada. Brabâncio aparentava forte indignação, e Rodrigo temeu que ele acabasse por feri-lo.

Correu ao encontro dele, agitando os braços e gritando:

– Estou bem certo de poder encontrá-los. Basta me fornecer uma boa escolta e me acompanhar!

NOITE ATRIBULADA

Noite escura, cidade silenciosa. A escuridão insólita aliou-se a Iago e lhe forneceu refúgio seguro para esgueirar-se pelas pontes e canais sem que luz alguma o denunciasse ou se convertesse em obstáculo em sua habilidosa saga por ruas vazias. Como grande conhecedor de Veneza, ele marchou por atalhos, abreviou sua jornada por caminhos que poucos conheciam sem cruzar com algum rosto familiar, sem ser importunado por um bêbado e sem ser acossado pelos muitos criminosos que se refugiavam na escuridão úmida e hostil em busca de suas presas cotidianas.

Preocupava-lhe que outros alcançassem Otelo antes dele, principalmente Brabâncio. A seus planos se fazia imprescindível uma confiança inabalável, isenta de suspeitas. Até o último instante, quando consumaria sua vingança, aquele que muitos conheciam como Mouro deveria ser o maior fiador de sua lealdade e a própria vida seria capaz de entregar em suas mãos. Nem por um segundo ele deveria vislumbrar o menor laivo de seu inconformismo e muito menos ceder a alguma suspeita de traição de sua parte.

Encontraram-se no albergue do Sagitário, e Iago surpreendeu-se ao não encontrar Desdêmona na companhia de Otelo.

– Está realmente casado, meu senhor? – insistiu em mais de uma ocasião depois de contar-lhe acerca dos acontecimentos que culminaram com a busca que Brabâncio e uma crescente multidão de moradores de Veneza moviam a ele e à filha do senador. – Não me queira mal, mas sabemos que Brabâncio é muito poderoso e sérios problemas será capaz de lhe causar se o senhor não estiver casado. O divórcio seria bem mais difícil se levarmos em conta os bons serviços prestados pelo senhor à nossa República.

– Não me preocupa a grande influência que o senador possa ter no Conselho, pois as queixas dele de maneira alguma suplantarão os serviços que prestei a toda essa gente... – Otelo calou-se, a atenção atraída para o clarão tremeluzente de vários archotes que se insinuaram e cujos portadores avançaram a passos largos pela escuridão bem à sua frente. – Que luzes serão aquelas?

– É o pai da jovem Desdêmona, nem tenho dúvida. Talvez fosse mais prudente retirar-se, meu senhor.

– De maneira alguma! – Otelo deu um passo na direção do grupo que se aproximava. – Faço questão de que me encontrem de uma vez por todas. Trago a alma tranquila e tudo o que fiz por Veneza como argumento mais do que suficiente para merecer o respeito de todas as pessoas. – Calou-se, desconfiado, os olhos apertados como que desconfiando da identidade dos recém-chegados. – Mas são eles mesmos?

– Não parece – disse Iago.

– Não, definitivamente não é o senador e muito menos uma multidão. São homens do doge e meu tenente.

Os dois achegaram-se rápido ao grupo de oficiais, ambos concordando que Cássio vinha à frente. O jovem tenente florentino cumprimentou-os e em seguida informou:

– O doge o saúda, meu general, e pede que se apresente com a maior urgência possível ao Conselho.
– Você sabe do que se trata?
– Tem algo a ver com os recentes conflitos em Chipre e trata-se de algo de grande urgência, pois já recebemos pelo menos doze mensageiros enviados pelas galeras. Além de nós, os membros do Conselho já enviaram três grupos em seu encalço.
– Fico feliz em tê-los encontrado.
– Podemos ir então, general?
– Peço-lhes apenas alguns minutos, pois tenho que dizer algumas palavras a alguém. Em seguida, volto para irmos ao Conselho.

Cássio anuiu com um breve meneio de cabeça e, depois de ver Otelo desaparecer por trás da porta do albergue, dirigiu um olhar de curiosidade para Iago, que lhe devolveu um risinho irônico e tão esclarecedor quanto o que disse em seguida:

– Nosso comandante se casou, Cássio.

A surpresa de Cássio tornou-se maior:

– Casou? Casou com quem?

O sorriso alargou-se e fez o rosto de Iago assumir uma luminosidade zombeteira, mas, fosse o que fosse que pretendesse dizer, desfez-se na prudência que silenciou suas palavras ao ver Otelo retornar apressadamente.

– Estou pronto!

Cássio, ainda intrigado com as palavras e o misterioso sorriso que persistia no rosto de Iago, pretendia perguntar a Otelo acerca do casamento, mas calou-se ao avistar um barulhento grupo que avançava de outra rua próxima, iluminado pelo clarão de inúmeros archotes. Contou pelo menos três dezenas de homens.

– Parece que é um dos grupos despachados para encontrá-lo, meu general – disse, inquieto. – Mas não estou reconhecendo nenhum deles.

Calou-se, ainda mais confuso, quando Iago, fazendo menção de desembainhar a espada, colocou-se diante dele e de Otelo de modo protetor, dizendo:

– Cuidado, general! É Brabâncio, e temo que ele não venha com boas intenções.

A proximidade e o clarão tremeluzente das chamas iluminaram a figura imponente e hostil do velho senador.

– Matem este ladrão! – gritou ele, os olhos dardejantes de ódio cravados em Otelo. No momento seguinte, com as espadas desembainhadas, os dois lados avançaram um sobre o outro. O conflito era perceptível e aparentemente inevitável.

Otelo assomou num ímpeto de coragem e apartou ambos com seu olhar.

– Mantenham suas espadas na bainha, eu lhes peço! – gritou várias vezes, alcançando a todos com seu olhar intimidador, até detê-lo fixamente em Brabâncio. – Sua autoridade é muito maior do que a das armas, senador. Por favor, use-a para acabar com essa insensatez!

– Onde escondeu minha filha, raptor dos infernos? – vociferou Brabâncio. – Vamos, responda antes que sejamos obrigados a derramar sangue para prendê-lo!

– Eu lhe asseguro que isso não será necessário.

– Não me tome por tolo, seu embusteiro!

– Aplaque sua fúria, senador. Quisesse eu partir para o combate ou me valer da violência, já teria iniciado o combate, que proveito algum nos traria a não ser, claro, o derramamento de sangue inocente. Para onde devo ir para acalmá-lo e lhe dar a resposta que busca tão desesperadamente?

– Onde mais seria, senão a prisão?

– E de que modo responderíamos ao chamamento do doge, que neste mesmo momento me convoca para tratar de assuntos da República?

Um dos oficiais que acompanhavam Cássio adiantou-se e, virando-se para Brabâncio, informou:

– Ele diz a verdade, senador. O doge o espera no Conselho. Aliás, estou certo de que o senhor recebeu idêntica convocação, pois não?

Brabâncio espantou-se e, longe de se acalmar, mostrou-se ainda mais indignado, rugindo:

– Como? O doge convocou o Conselho? E no meio da noite?

– Assim foi feito, meu senhor.

– Levem o biltre, e eu os acompanharei. O doge e meus companheiros do governo certamente se mostrarão solidários e tão ofendidos quanto eu me sinto agora, concedendo-me o direito de reparação pelo crime cometido contra minha honra e de minha estimada filha.

Espadas retornaram às bainhas, e uma trégua tensa, das mais precárias, estabeleceu-se entre os dois grupos.

– Se um crime de tal gravidade não for castigado de forma exemplar, teremos a absoluta certeza de que pagãos e escravos apoderaram-se definitivamente do Estado! – finalizou o senador, marchando à frente de Otelo e do numeroso grupo em que se misturavam os seguidores de ambos.

TENSÃO E INCONFORMISMO

Em 697, enfraqueceu-se o Exarcado de Ravena – divisão administrativa bizantina na península itálica governada por um exarco, delegado do imperador do Império Romano do Oriente, que agrupara, desde o final do século VI até meados do século VII, os territórios não conquistados pelos lombardos após sua invasão à península em 568, sob comando do rei Alboíno.

Principal governante daquela que seria a República Veneziana, o doge foi fruto de astuciosa arquitetura política, e mesmo nos primórdios da instituição buscou-se controlar o seu poder por meio de mecanismos como o *promissio ducalis*, uma espécie de Constituição ou carta de princípios instituída mais de quatro séculos após a posse do primeiro mandatário, à qual deveriam jurar estrito respeito assim que assumissem o cargo. Temia-se que o doge agisse como um tirano ou aspirasse a se tornar chefe de uma monarquia na qual o poder ficaria indefinidamente nas mãos de seus descendentes (o que acarretaria o reinício das hostilidades entre as poderosas famílias de comerciantes).

OTELO

Fixado em 1172 e firmado pela primeira vez pelo doge Enrico Dandolo, o *promissio* sofreria alterações nos anos de 1192 e 1229. A partir de então, a eleição dos doges seria submetida ao escrutínio do Conselho dos Cinco Corretores. Em 1501, seria lida todos os anos para o doge que estivesse exercendo a função. Esse controle seria aperfeiçoado ao longo dos anos. Em 1646, à dogeza – a esposa do doge – seria proibida a coroação e, ao longo dos anos do mesmo século, a mesma interdição se estenderia a outros membros da família, proibidos de participar da administração e de assumir embaixadas da República veneziana. Os tristes acontecimentos envolvendo Otelo e Desdêmona aconteceram quase cem anos antes dessa importante alteração e provavelmente entre as magistraturas de Leonardo Loredano e Antonio Grimani, o que é irrelevante; inexistem registros confiáveis acerca dos protagonistas da tragédia e de outros personagens. O que se sabe é que, naquela mesma noite, Otelo, escoltado pelos militares enviados pelo doge e pela pequena porém turbulenta multidão que acompanhava o senador Brabâncio, foi levado à presença do doge, menos para prestar esclarecimentos sobre o casamento com a filha de Brabâncio e bem mais para ser informado de novo ataque otomano à ilha de Chipre, com grande contingente de tropas.

O poderoso mandatário e os senadores do Conselho debatiam de forma calorosa sobre as notícias que a todo momento chegavam das forças venezianas de prontidão em Chipre, um caos apavorante de informações desencontradas, muitas absolutamente falsas, trazidas a seu conhecimento com o claro intuito de criar insegurança e confusão e até mesmo retardar a reação esperada pelas autoridades da República.

– Aproximam-se Brabâncio e o valente Mouro – bradou um dos senadores, apontando para as portas que se abriam com um forte alarido e através das quais assomaram os dois oponentes em meio à virulenta discussão.

O doge ergueu-se do trono, a figura maciça e untuosa exibindo uma expressão grave e preocupada e levando os senadores do Conselho a acompanharem-no em idêntico movimento.

– Precisamos mandá-lo a Chipre com a maior rapidez possível, bravo Otelo – disse o doge. – Nossos inimigos otomanos se aproximam com formidável esquadra e carecemos de grandes comandantes para liderar as tropas que já estão na ilha e as que estamos arregimentando.

– Percebendo que Brabâncio se achegava de Otelo, fez-se amistoso e disse: – Bom vê-lo entre nós, senador. Perdoe-me por não o ter visto antes, mas os problemas tomam toda a nossa atenção, e certamente seus conselhos serão preciosos para os homens aqui presentes.

Brabâncio adiantou-se a Otelo e, sem a menor preocupação em escamotear sua forte contrariedade, desabafou:

– Queiram me perdoar, senhores, mas não são os problemas do Estado que me trazem aqui.

O doge e os outros senadores se entreolharam, surpresos, mas apenas o magistrado sentiu-se na obrigação de perguntar:

– O que houve, meu bom homem? O que o aflige tanto?

– Minha filha...

– O que tem ela? Morreu?

– Não sei como lhe dizer...

– Fale de uma vez, senador. Sua expressão me deixa cada vez mais preocupado.

Um dos senadores aproximou-se e, apreensivo, insistiu:

– Seria isso? Ela morreu?

– Pelo menos para mim... – Brabâncio correu os olhos pelos companheiros de Conselho, e um forte rumor de indignação avançou pela sala, privando momentaneamente a todos da preocupação com o inimigo otomano. – Foi seduzida, arrancada de minhas mãos por um inescrupuloso vilão, que, valendo-se de minha hospitalidade e mesmo admiração, por que negar?, a roubou, usando sabe-se lá que sortilégios.

– Crime e criminoso tão vis não ficarão sem severa punição, eu vos asseguro.

– Nunca me passou pela cabeça que seria diferente. – Inesperadamente, Brabâncio apontou para Otelo e concluiu: – Aqui está o criminoso que envergonhou o meu nome e desonrou minha pobre filha.

O espanto foi geral e, por uns instantes, tanto o doge como os demais senadores limitaram-se a uma constrangedora troca de olhares, sem saber o que dizer e o que fazer.

– E você? O que tem a dizer sobre tal acusação? – perguntou o doge, virando-se para Otelo.

– Senhores – Otelo correu os olhos pela sala, sem pressa, mas com grande gravidade e respeito, até fixá-los no doge –, não sou um homem acostumado aos grandes discursos e aos floreios de salões e de tempos de paz. Os campos de batalha, com sua confusão sangrenta e a companhia devastadora da morte, é o território no qual me sinto mais à vontade. Pouco sei acerca do linguajar pomposo de grandes pensadores e dos governantes que administram os interesses de países e cidades. Dos Estados, conheço apenas as guerras que combati e as batalhas que venci, o que lhes garante a paz e a prosperidade. Aliás, faço com morte e com sangue o que os governantes sabiamente fazem com suas palavras. Mas mesmo um homem como eu, por pouco que conheça de palavras, não desconhece a sinceridade. Por causa disso, não nego que tirei de sua casa a filha deste senhor e que me casei com ela. A ofensa que cometi não vai além disso. Nem subterfúgios nem palavras, algo que desconheço por completo, nem feitiços e poções mágicas, que não faço ideia nem tenho tempo para de ambos me ocupar.

– Impossível submeter criatura tão ingênua e de espírito tão recatado, tímida realmente, sem se valer de tais artifícios! – protestou Brabâncio.

O doge gesticulou, pedindo que se calasse, e em seguida argumentou:

– Simples acusações de nada servem, meu amigo.

Ao mesmo tempo, outro senador, voltando-se para Otelo, pediu:

– Fale, general! Subtraiu a bela Desdêmona por meio de poções mágicas e outros feitiços ou a alcançou com o poder de suas palavras?

– Estimados senhores, eu lhes peço que, não acreditando em mim ou em minhas toscas argumentações, busquem a donzela no Sagitário e peçam a ela que, diante do próprio pai, relate tudo o que se passou e redundou em nosso casamento. Caso uma só palavra desabone minha conduta ou insinue que me vali de artifícios indignos da confiança de todos e infames à reputação da jovem e de seu pai, eu de todas as honras me despojarei e do respeito de todos e me submeterei a qualquer castigo que impuserem a mim.

– Tragam Desdêmona aqui! – ordenou o doge peremptoriamente.

Otelo inclinou a cabeça em sinal de obediência e, virando-se para Iago, disse:

– Você sabe muito bem onde encontrá-la, alferes. Não perca tempo e traga minha esposa o mais depressa possível.

Enquanto Iago e mais alguns criados precipitavam-se e desapareciam no meio da multidão que se amontoava perto das largas portas do Conselho, Otelo virou-se e pediu:

– Enquanto Desdêmona não vem, gostaria de contar-lhes as circunstâncias em que me apaixonei por essa donzela e fui por ela amado.

– Conte – instou o doge.

– Lamento com sinceridade que meu açodamento tenha alterado, de maneira involuntária, os sentimentos que hoje envenenam a alma e o coração de Brabâncio contra mim. Tivesse tido mais paciência ou mesmo confiado que meu amor por sua filha teria a mesma boa receptividade que eu vinha tendo em sua casa, as coisas seriam diferentes. Talvez hoje estivéssemos celebrando com amigos e parentes o casamento que ainda há pouco celebramos, temo dizer, envergonhado, às escondidas e testemunhado por uns poucos soldados. Sim, verdade seja dita, o pai dela me amava e em mais de uma ocasião me convidou para sua casa e interessou-se em conhecer a história de minha vida. Momentos felizes foram aqueles...

– De que me arrependo amargamente! – cortou Brabâncio com irritação.

O doge o encarou e gesticulou para que se acalmasse, no que foi de imediato obedecido. Mais uma vez se voltando para Otelo, insistiu:
— Prossiga.
— Tudo lhe contei, sem restrição ou omissão alguma. Falei-lhe sobre as dificuldades que enfrento e até mesmo da escravidão de que fui vítima aos sete anos. Disse-lhe dos muitos maus-tratos que sofri e das privações que enfrentei, amadurecendo de maneira precoce e violenta. Narrei as muitas batalhas que travei e detalhei, até onde me permitiu minha memória, os incontáveis inimigos que enfrentei em terras distantes e o que tive de fazer para sobreviver e estar hoje aqui, entre os senhores. Recordo-me que a Brabâncio encantavam sobremaneira as muitas viagens que fiz por lugares que nem a mais fértil imaginação desta poderosa República consegue ou poderia conceber. Celebravam-me ele e toda a sua valorosa família, mas aos poucos fui percebendo um interesse crescente e todo particular da jovem Desdêmona. Admito que me senti lisonjeado, mas em igual medida apreensivo, razão pela qual mantive durante certo tempo prudente distanciamento dos sentimentos que entrevia nos olhos de sua filha e que conhecia perfeitamente por tê-los visto em outros lugares e nos olhos de outras donzelas.
— Mentiroso! — tornou a protestar o velho senador, o rosto anuviado por forte irritação e indisfarçável contrariedade. — Vamos! Continue a encher os ouvidos da plateia interessada em suas mentiras!
Otelo prosseguiu:
— Eu temia exatamente essa reação, pois coisas bem distintas são a receptividade afetuosa de um bom anfitrião e a possibilidade de sua única filha enamorar-se de um soldado sem eira nem beira.
Brabâncio levantou-se num ímpeto turbulento e, brandindo o punho cerrado para ele, urrou:
— Um negro! Um negro!
— Essa possibilidade também me passou pela cabeça. Busquei me manter respeitoso e, em especial, distante. Infelizmente, meus esforços

foram inúteis e, quanto mais procurava me comportar como um visitante indiferente aos encantos de Desdêmona, maior se fazia o interesse dela por mim, e o meu, por ela, até que, ao ver que meus relatos enchiam seus olhos de lágrimas, certo dia, e no momento em que me apressava a consolá-la, a fortaleza de meu recato se mostrou frágil e ruiu vergonhosamente. Acabei me rendendo e apresentando sem rodeios tudo o que sentia por ela, e para meu espanto a vi declarar que nutria mesma ou ainda maior paixão por mim. Senhores, por favor, acreditem, essa foi toda a bruxaria de que me vali para conquistar a bela donzela. Feitiço maior me alcançou, e a ele me rendi miseravelmente, sem opor a menor resistência até mesmo aos arroubos juvenis de sua pouca idade. Apressei-me a concordar quando combinamos fugir e nos casar em vez de enfrentar a muito provável oposição de seus pais.

Mal Otelo calou-se e o doge voltou-se para Brabâncio. Com expressão de franca indulgência e conciliação até mesmo no tom de voz, argumentou:

– Uma história dessas seria capaz de seduzir até mesmo a minha filha. Por favor, senador, não haveria outro modo de resolver essa situação?

Nesse momento, um forte burburinho agitou a multidão, e tanto o doge quanto Brabâncio se voltaram a tempo de ver Desdêmona entrar, escoltada por Iago e um grande séquito de criados e soldados.

– Se Sua Excelência me permite, eu gostaria antes de ouvir da boca de minha própria filha o que de fato se passou entre ela e esse homem – afirmou Brabâncio secamente, os olhos fixos em Desdêmona, acompanhando sua aproximação receosa e, por fim, cabisbaixa. – Caso ela confirme o infame relato de Otelo e admita que favoreceu essa conquista, eu, até o último de meus dias neste mundo, não dirigirei nem sequer uma insignificante ofensa contra ele. – Seus olhos dardejavam insatisfação e acompanhavam a filha com fria hostilidade. – Aproxime-se, criança, e dê-me uma resposta sincera a essa indignidade que atormenta minha pobre alma desde que fui vergonhosamente informado por estranhos de que fugiste do seio de sua família: acaso está vendo alguém entre nós a quem você deve mais obediência do que a seu pai?

Desdêmona levantou devagar a cabeça e, por longo tempo, arquejante e envergonhada, hesitou, seu silêncio contaminando a todos no amplo salão do Conselho.

– Sinto-me dividida, querido pai – disse ela por fim. – Se ao senhor devo minha vida e toda a educação que me fez reconhecer inclusive sua autoridade até este dia, de hoje em diante, como fez a minha mãe e todas as mulheres de nossa família que a antecederam, devo submissão ainda maior ao homem com quem me casei e que está à sua frente.

No momento em que Desdêmona estendeu a mão para Otelo e postou-se a seu lado, Brabâncio soltou um esgar de profundo desconsolo e balbuciou:

– Deus esteja com vocês. Nada mais tenho a dizer e protesto algum lançarei aos quatro ventos. Encerremos em definitivo este assunto e doravante nos debrucemos exclusivamente sobre os graves problemas que assolam nossa amada República.

O doge colocou-se entre ele e o casal, olhando para um e para outro, conciliador e aparentemente satisfeito.

– Saúdo sua magnanimidade, senador, ao permitir que os dois enamorados sejam pelo menos aceitos e integrem o seio de sua família.

– Que alternativa tenho se o que não pretendia dar acabo de ver tomado de mim sem a menor cerimônia? – resmungou Brabâncio. – Feliz me sinto por não ter outra filha, pois, se tal houvesse, eu a sufocaria com a tirania de meus cuidados exagerados para precaver-me de que algo semelhante ocorresse a ela.

– O que não tem remédio, remediado está, senador – disse o doge, consolando-o.

– Passemos aos assuntos de Estado, meu senhor. Por favor.

– Claro, claro.

CONSPIRAÇÃO

– Muito cuidado, Mouro! Mantenha os olhos bem abertos, pois se Desdêmona foi capaz de enganar o próprio pai, facilmente será capaz de enganar você.

Iago repetiu a mesma frase duas ou três vezes e, na última delas, Rodrigo, com os olhos faiscantes de interesse, perguntou:

– Brabâncio disse isso mesmo?

– Quantas vezes terei de repetir? – impacientou-se Iago, contrariado.

– Até que eu acredite.

– Pois pode acreditar.

– Quando isso aconteceu?

– Logo depois da reunião do Conselho que definiu a ida de Otelo para Chipre, no comando da frota reunida para expulsar os turcos...

– E ele?

– Otelo? Insistiu que confia na lealdade da esposa, o que mais? O que ele poderia dizer? O que esperar de um tolo apaixonado?

– E Desdêmona? Ficará na casa dos pais?

– De maneira alguma! Ela não quis. – Um risinho astucioso desenhou-se nos lábios de Iago ao acrescentar: – Otelo a confiou a mim e à minha esposa.

Rodrigo sorriu de modo debochado.

– Não acredito!

– Pois pode acreditar. Emília e eu a levaremos dentro de alguns dias para Chipre.

– O idiota confia mesmo em você, não?

– E por que não confiaria? Quem bate geralmente esquece, Rodrigo. A lembrança cabe ao ofendido, àquele que apanha.

– E você...

– Eu não esqueci.

Desceram as escadas que levavam para fora do imponente prédio do Conselho, e por uns poucos degraus Rodrigo permaneceu cabisbaixo e silencioso.

– O que você tem? – perguntou Iago, inquieto.

– Estou desanimado – confessou Rodrigo.

– Posso saber por quê?

– Ora, de que me adiantam as desconfianças de Otelo com relação a Desdêmona?

– Homem de pouca fé...

– De que está falando? Deixe de mistérios e diga de uma vez, Iago!

– Iremos para Chipre também...

– E o que tem isso?

– Traga a bolsa cheia de dinheiro, Rodrigo.

– O que tem isso a ver com Otelo e Desdêmona?

– Traga a bolsa cheia, e serei extremamente útil a você e à sua paixão por Desdêmona.

– Como?

– Na verdade, nunca poderei ser tão útil a você como agora.

– Você está falando por enigmas, meu amigo.

– Apenas acredite em mim quando lhe digo que não é possível que Desdêmona continue apaixonada por Otelo por muito tempo. Nem ele manterá a paixão por ela.

Rodrigo, entre surpreso e interessado, a ansiedade de braços dados com a curiosidade insuportável, agarrou o braço de Iago e o obrigou a parar. Então explodiu:

– Pare com isso, homem, e me diga logo o que vai nessa cabeça cheia de segredos!

Uma expressão de perversa persuasão cobriu o rosto de Iago. Em certa medida, isso aumentou ainda mais a ansiedade de Rodrigo.

– A paixão quase sempre se apresenta violenta, mas logo se faz enganadora – filosofou Iago. – A fragilidade, nessas circunstâncias, espera na primeira esquina. E o prato que até então se apresentava irresistível torna-se insípido. Ou definitivamente amargo.

– Não entendo...

– Tolo! Não percebe? Mais cedo ou mais tarde, ela o trocará por alguém mais jovem.

– Acha mesmo?

– É inevitável. Ponha o máximo dinheiro possível na bolsa e espere.

– A espera pode ser longa...

– O amor não é uma ciência exata, meu amigo. De todo modo, se a santidade de um juramento tão frágil entre um bárbaro errante e uma veneziana inteligente persistir mais do que acredito, não será resistente o bastante para minha inteligência, e o dinheiro que você levará fará o resto. Portanto, trate de encher a bolsa e deixe o resto por minha conta.

– Fará isso somente por mim? Não posso acreditar.

– Guarde suas perguntas para quem estiver disposto a responder a elas. Basta saber que odeio o Mouro e que unidos seremos capazes de nos vingar dele. Agora vá e trate de conseguir o dinheiro. De Otelo cuido eu.

TEMPESTADE

    Os três primeiros dias de viagem foram de fato auspiciosos, e muitos acreditaram que chegariam sem maiores atropelos ou dificuldades a Chipre. Mar tranquilo. Noites estreladas. Nenhuma nau inimiga no horizonte. O ambiente no convés das muitas embarcações não poderia ser melhor, e a possibilidade de confronto com o inimigo otomano em alto-mar era cada vez mais distante, em razão da paz a bordo. Os sentinelas, em mais de uma ocasião, foram severamente repreendidos por seus comandantes pela maneira displicente com que se descuidavam da observação ou por cochilarem em serviço. O único sinal de combate próximo e inevitável se fazia visível apenas nos soldados, que se dedicavam à manutenção de suas armas enquanto a frota avançava, veloz, para Leste.

    Otelo estava preocupado desde que partira de Veneza em uma das mais poderosas embarcações entre as tantas que a República conseguira reunir de pronto. Sereno mesmo nos piores campos de batalha que frequentara ao longo de sua existência turbulenta e aventuresca, simplesmente não se acostumava a ambientes tranquilos. Na verdade, sempre esperava pelo pior nos dias ou meses que antecediam a violência corriqueira da guerra. Não sabia como explicar. Superstição, talvez. Ou o sentido de autopreservação inato e inexplicável que o acompanhava há anos. Quem sabe preocupação com Desdêmona, que, na companhia de Iago e da esposa, rumava para Chipre em outra embarcação. Quem sabe o problema tivesse como causa as poucas informações confiáveis e desencontradas que tinha do inimigo. Fosse o que fosse, sentia-se inquieto e pouco à vontade naquela imensidão esmagadora, onde céu e mar por vezes se fundiam em uma coisa só. Fosse porque fosse, a tranquilidade desfez-se rápido no amanhecer do quarto dia de viagem.

Um vento frio soprava do Norte com os primeiros raios de um Sol esmaecido, afugentando os últimos vestígios da noite e trazendo consigo uma impressionante quantidade de destroços que flutuavam no mar à frente da frota veneziana. Quilômetros e mais quilômetros de quilhas, restos de proas e conveses, cabrestantes, velas esfarrapadas drapejando cada vez com mais fúria, presas a mastros de vários tamanhos. Mais adiante, começaram a misturar-se à assombrosa maré de destruição em número igualmente crescente e intimidador de restos. Contaram-se os primeiros cadáveres, e um sentimento confuso, entre a satisfação e o temor, apossou-se da tripulação e das tropas quando foram identificados os destroços das embarcações e os muitos corpos como parte do grande contingente invasor otomano que rumava para Chipre.

– O que terá acontecido a essa gente? – perguntou um dos capitães que acompanhavam Otelo, com uma preocupação visível diante das imagens apavorantes de morte e destruição.

O sólido comandante mouro, o cenho franzido e os olhos vasculhando o mar cada vez mais encapelado, hipnoticamente seduzido por idêntico espetáculo, repuxou os lábios e balançou a cabeça num gesto de perplexidade que foi se tornando cada vez mais apreensivo à medida que nuvens assustadoras redemoinhavam em um céu tempestuoso, a ferocidade do vento jogando os destroços e os cadáveres contra as fortes estruturas das galeras e navios da frota veneziana.

– Tempestade – identificou o capitão.

– E das maiores – acrescentou Otelo, juntando-se a ele. A tripulação logo deu início a um vaivém dos mais frenéticos pelo convés. – Ela alcançou os turcos antes de nós.

– Com certeza. Mas o que nos estará esperando lá na frente?

A pergunta pairou no ar por pouco tempo, pois a resposta materializou-se à frente de ambos sob a forma de um turbilhão devastador de água e vento em redemoinho, desprendendo-se do mar e subindo em direção ao céu enegrecido, povoado pelas mais temíveis criaturas que poderiam sair da imaginação das almas atemorizadas de todos a bordo dos vários navios. Quando os primeiros foram alcançados e lançados uns contra os outros, o rangido da madeira partindo-se misturou-se aos gritos das primeiras vítimas. A claridade de um novo dia simplesmente deixou de existir, submergindo em uma escuridão sobrenatural. As portas de um descomunal inferno de água escancararam-se para abocanhar a tudo e a todos que encontrava pela frente.

Agarrado a um dos maiores mastros, incapaz de qualquer gesto que não fosse proteger-se das enormes torrentes d'água que de tempos em tempos varriam o convés, Otelo ainda se esforçou para agarrar as mãos e os braços que se estendiam, vindos do negrume que submergia homens e embarcações. Tudo em vão. A morte seguia-se ao silêncio final que acompanhava o aumento tétrico de destroços, a vertigem aparecia diante dos corpos desmembrados que surgiam e desapareciam em torno de Otelo e de seus comandados. Assustava a todos o clarão produzido por inesperadas explosões em vários barcos, provavelmente originadas dos barris de pólvora armazenados nos porões e que arremessavam restos humanos a grandes alturas.

Inferno. Inferno. Inferno.

Incapazes de fazer alguma coisa, todos se ocupavam em apenas sobreviver, agarrando-se onde fosse possível, entrincheirando-se entre as mercadorias que se amontoavam pelos conveses. Em mais de uma ocasião, acabavam por esmagar vários deles sob seu peso ou lançá-los por sobre a amurada e para a morte certa nas águas que rugiam e retorciam-se feito animal ferido, esmigalhando e engolindo tudo que encontravam em seu caminho. Nem sequer gritavam. Faltavam forças. O medo era bem maior, esmagador. Naqueles instantes, Otelo não pensava em si. Sua maior aflição era provocada pela perspectiva sombria de que a embarcação em que Desdêmona rumava para Chipre, na companhia de Iago e sua esposa, fosse alcançada por tão formidável tempestade. Desesperou-se só de pensar que pudessem ter o mesmo destino dos muitos homens que sucumbiam com parte da frota veneziana. A morte seria preferível a sobreviver e passar o resto da vida sem Desdêmona.

Ele nunca se imaginou capaz de amar tão por completo uma mulher. Submetido a tão grandiosa aflição, seu medo cresceu ainda mais. O verdadeiro guerreiro, que todos temem, é aquele que não tem por que viver ou por quem viver. Apegar-se era a fraqueza que condenara à morte muitos de seus comandados e até inimigos. O medo começa a erodir um grande guerreiro quando ele encontra sentido em sua existência, quando ele atribui valor à própria vida. Desdêmona era, para Otelo, a maior razão de viver; mas também poderia igualmente representar sua morte.

Ele se apavorou diante de tal constatação e por um segundo descuidou-se. Foi alcançado por uma onda que o arremessou de encontro a outros corpos que se amontoavam na popa da embarcação, muitos mortos, três ou quatro agonizando, aos quais faltavam braços e pernas, um cadáver sem cabeça servindo de obstáculo à sua queda dentro d'água.

Otelo refez-se do susto e apoiou as costas na amurada, a torrente d'água e a forte ventania revezando-se, traiçoeiras, em muitas

tentativas de lançá-lo mais uma vez contra as ondas que se multiplicavam, vindas de todas as direções.
– Desdêmona! – gritou, em desespero.
Novas explosões. Gritos apavorados. Corpos sem vida passando por cima de sua cabeça, desarticulados e, como se atacados por criaturas invisíveis e muito cruéis, despojados de braços e pernas, lançados em várias direções. Uma pequena galera, velas esfarrapadas e cordames arrebentados, chicoteando o ar, projetou-se do mar e arrastou-se pelo convés, ficando atravessada obliquamente por muito tempo até escorregar para bombordo e submergir no grande tumulto de água e espuma.

Nem a mais encarniçada batalha travada contra os otomanos derramaria tanto sangue e causaria tanta destruição quanto a tempestade, que foi amainando com enervante lentidão até que enfim diluiu-se na distância e desapareceu mal as primeiras estrelas faiscaram na escuridão da noite.

– Desdêmona... – gemeu Otelo, cansado, assustado, pouco antes de por fim perder os sentidos.

UM TOLO GESTO SEM IMPORTÂNCIA

    Os últimos vestígios da violenta tempestade que passara, devastadora, pela ilha ainda se faziam sentir na persistente ventania que soprava do mar encapelado e nas altas ondas que golpeavam as sólidas estruturas do porto. Volta e meia, a força das águas vencia os limites naturais da praia e avançava por uma grande praça onde Montano e outros dois homens observavam, obrigando os três a recuar ou a buscar refúgio dentro de prédios próximos.
    – O que você vê? – perguntou Montano.
    Corpulento, a longa barba grisalha golpeando-lhe o rosto ossudo de tempos em tempos, atingida pela persistente ventania, o ex-governador de Chipre, tal e qual seus companheiros de observação, aparentava grande preocupação. Os olhos estreitos e cinzentos há horas esquadrinhavam o mar sem avistar o menor sinal de embarcação.
    – Nada, senhor – respondeu o sujeito miúdo, de pele avermelhada, que o acompanhava. – Nada além do mar e da ameaça de uma tempestade que deve alcançar nossa ilha dentro de pouco tempo. Deveríamos...

– Sei bem que a prudência recomenda que nos recolhamos à nossas casas...

– Isso mesmo – concordou o segundo homem, um magricela careca e de longo bigode com as pontas torcidas e apontadas para o alto. – Mas devemos atribuir à tempestade o fim de nossas preocupações. Afinal, ela destruiu a maior parte da armada turca e dispersou os poucos sobreviventes. Se não tomarmos cuidado, seremos nós as próximas vítimas da tormenta.

– Não desconheço os perigos que cercam a nossa permanência aqui no porto – disse Montano. – Os turcos...

– Os turcos não voltam mais, senhor. Tenho informações de que seus danos foram muito além do suportável, e a guerra simplesmente acabou. A tempestade alcançou-os de tal jeito que seus planos de invasão se tornaram inviáveis. Um de nossos navios testemunhou o pavoroso naufrágio e o sofrimento da maior parte dos invasores.

– Então é verdade?

– Sim, meu senhor – respondeu o homenzinho rubincudo e de gestos nervosos. – O navio que alcançou o porto nesta manhã veio de Veneza. Miguel Cássio, o tenente de Otelo, nosso futuro governador que ainda se acha no mar, acabou de desembarcar e está tão preocupado quanto nós com o destino e o paradeiro de seu senhor.

– Deus o proteja! Já servi sob as ordens do Mouro e asseguro que o doge não poderia ter feito melhor escolha ao investi-lo no cargo de nosso novo governador. Poucos homens são tão dignos e corajosos quanto Otelo.

– Desçamos para o porto, a fim de encontrar o tenente.

– Não será necessário, senhores – disse o segundo homem. – Ele se aproxima.

Seus olhos alcançaram Cássio quando o jovem e elegante cavaleiro, os negríssimos cabelos tão revoltos quanto a longa capa que o protegia do frio inesperado, galgava uma série de estreitos degraus e marchava em sua direção. Sorria de um jeito amistoso ao mesmo tempo em que dizia:

– Não sei como agradecer a acolhida tão gentil, senhores. E fico ainda mais feliz ao perceber, por suas palavras, que têm apreço pelo comandante.

– Nem por um segundo duvide disso, meu bom amigo – redarguiu Montano.

Cássio lançou um olhar preocupado para o cais, onde novas ondas golpeavam os atracadouros.

– Deus o proteja, pois esse mar está perigosíssimo!

– Ele está em um bom barco?

– Sua embarcação tem fortes vigamentos e um piloto experimentado.

Cássio calou-se, surpreso, olhando seus interlocutores no momento em que um forte alarido veio do porto. As vozes misturavam-se, repetindo uma mesma peroração:

– Uma vela! Uma vela!

– Que é isso? – perguntou Cássio.

Um soldado subiu correndo da praia, repetindo com entusiasmo as mesmas palavras. Logo em seguida, esclareceu:

– As pessoas reunidas na praia acabam de ver a vela de uma embarcação que se aproxima!

– Sinto que é a do governador – comentou Cássio, esperançoso.

O estrondo de um disparo de canhão avançou da cidade na direção do porto, o que levou um dos companheiros de Montano a dizer:

– Os disparos pelo menos nos tranquilizam. É um dos nossos barcos.

– Não perca mais tempo, homem! – gritou Montano. – Desça até lá e descubra de quem se trata! – Depois de ver os dois se afastarem na companhia do soldado, virou-se para Cássio, sorridente: – Quer dizer então que nosso general se casou, tenente?

Cássio devolveu-lhe o sorriso e respondeu:

– Não apenas se casou, mas posso assegurar, sem o menor exagero, que se trata de uma das mais belas mulheres em que pus os olhos até hoje... – O tenente interrompeu-se ao ver que um dos três homens retornava, esbaforido. Então perguntou-lhe: – Descobriu de quem é a embarcação?

– É de um certo Iago, que se diz alferes do novo governador – respondeu o homem.

– Quanta sorte tiveram! Desdêmona escapou ao pior da tempestade!

– Desdêmona?

Cássio sorriu.

– Desdêmona é a mulher de que falei há pouco.

– Como assim?

O sorriso de Cássio alargou-se mais um pouco, zombeteiro.

– É a "capitoa" de nosso capitão. Otelo a enviou na companhia de Iago e... – Mais uma vez Cássio calou-se. Iago, entre Emília e Desdêmona, seguidos por Rodrigo e outros membros de seu séquito, entraram. – Minha senhora, como fico feliz em saber que chegou sã e salva a Chipre!

– Agradeço sua preocupação, valente Cássio – respondeu Desdêmona. – Tem notícias de meu marido?

– Lamentavelmente nada posso lhe dizer além de que ele ainda não chegou.

Iago aproximou-se de ambos, e um sorriso brincalhão emergiu de seus lábios quando, olhando para um e para outro, disse:

– Nós também chegamos sãos e salvos, estimado Cássio, se lhe interessa saber, obrigado.

Um leve rubor cobriu o rosto de Desdêmona e do tenente. Constrangido, Cássio começou:

– Ah, me perdoe, Iago, mas eu...

Uma quase imperceptível maledicência substituiu a inocência implícita em uma simples brincadeira no rosto de Iago, que interrompeu o tenente:

– É natural que não tenha tido olhos para nós, meu bom amigo.

A compreensão escapou à expressão aparvalhada de Desdêmona e de Cássio. Ambos entreolharam-se e sorriram, embaraçados, a leve insinuação perdendo-se em nova gritaria. Pouco depois, ouviu-se o estrondo de um novo disparo do canhão.

– Vela! Vela! Vela! – gritava outra vez a multidão.

Um segundo mensageiro alcançou-os, vindo do porto.

– Nova embarcação está saudando a cidadela. É outro dos nossos!

Renovou-se o entusiasmo entre todos. Em dado momento, Cássio virou-se para Iago e perguntou:

– Poderia ir verificar se são fundamentadas as nossas esperanças de que é nosso general que está chegando, bom Iago?

Iago inclinou a cabeça em curta reverência e, desvencilhando-se com certa rispidez do braço da pequena e apática Emília, sua esposa, respondeu:

– Às suas ordens, meu senhor.

Cássio percebeu a contrariedade de Desdêmona com o gesto do alferes. Antes que ela pudesse fazer algum comentário, antecipou-se, virando-se para Emília e dizendo:

– Ah, mas que grosseirão sou eu! Tão preocupado estou com meu comandante que nem a cumprimentei, minha senhora!

Um arremedo de sorriso insinuou-se nos lábios finos de Emília, e ela chegou a dar a impressão de que iria dizer algo, mas Iago a interrompeu, resmungando:

– Se os lábios dela lhe dessem tanto quanto me concede, logo o senhor estaria farto de ouvi-la, meu senhor!

Desdêmona indignou-se:

– Que injustiça sem tamanho acaba de dizer, alferes! A pobrezinha nem fala...

– Não? A senhora desconhece sua companheira de viagem. A espertalhona decerto está guardando a língua no coração e a ameaça no pensamento. Eu é que acabarei pagando pelo silêncio que ela tão generosamente lhe oferece.

– Vá logo, caluniador! Como você pode falar assim da própria esposa? – revoltou-se Desdêmona. Então voltou-se para Cássio e indagou: – Que você diz, Cássio? Iago não está sendo muito grosseiro e injusto com a pobre Emília?

– A linguagem dele é realmente rude, minha senhora – concordou o tenente. – Por isso, a prudência nos aconselha a apreciarmos nele mais o soldado do que o erudito.

Trombetas soaram em meio a uma confusão de vozes.

– O Mouro! – gritou Iago com entusiasmo. – Conheço muito bem o som de suas trombetas. Nem tenham dúvida! É ele que se aproxima!

– É ele mesmo! – concordou Cássio.

– Vamos ao encontro dele! – ajuntou Desdêmona, a mão direita pairando no ar.

– Não será necessário, senhora. – Cássio viu Otelo emergir da multidão barulhenta, à frente de seu séquito. Sem saber o que fazer, ficou por uns instantes segurando a mão de Desdêmona até que a soltou, dizendo: – Ele já está entre nós.

Foi apenas por uma fração de segundo, desprezível, insignificante fiapo quase invisível de tempo. Otelo viu a mão de um desvencilhar-se da do outro. Na verdade, poucos, mais interessados em sua chegada, se deram conta do fato. Apenas Otelo experimentou breve inquietação, uma imperceptível centelha de algo que não soube explicar mesmo depois de forçar-se a um sorriso e a um entusiasmo exagerado.

– Minha linda guerreira! – saudou.

Muito se disse de parte a parte, mas foi tudo esquecido depois que ele a beijou. Depois de alguns minutos, Otelo julgou-se tolo, fustigado pela distância e pelos terríveis acontecimentos em alto-mar que quase o mataram, envolvido em boba insegurança e fisgado por um ciúme ainda mais tolo e infundado.

Ciúme?

Que absurdo!

Rematada tolice duvidar justamente das duas pessoas em que mais confiava.

Que certezas teria?

Nenhuma!

– Vamos logo para o castelo – disse por fim, desfazendo-se do cabedal de suspeitas que o envolveu por alguns poucos segundos, mas que o acompanhou o resto do dia.

A mão de um segurando a do outro. Um gesto tolo, sem a menor importância.

Bobagem!

– Vais ser muito querida em Chipre, meu amor. Muito mesmo.

Bobagem!

MAQUINAÇÕES

    Iago percebeu. Além de Iago, apenas o próprio Otelo. Ninguém mais. Nem mesmo Cássio, protagonista involuntário de tão insignificante drama, deu-se conta do fato. Depois daquele instante, todas as palavras e gestos viram-se imbuídos de artificialidade, inebriantes aos sentimentos que provocavam em alguns, mas inescapavelmente falsos no coração e na alma inquieta do pobre homem apaixonado e, por isso mesmo, inseguro e desconfiado. Aliás, nada mais característico de uma grande paixão do que a angústia que a constitui e atormenta com a possibilidade de perdê-la. Um homem apaixonado é presa fácil de toda sorte de grandiosos sonhos de dedicação e bondade; portanto, da mesma contrapartida de sentimentos ruins, como a suspeita, o egoísmo, a animosidade. Iago os encontrou, todos, naquele breve instante em que uma preocupante centelha de desconfiança iluminou os olhos inesperadamente hostis de Otelo.

    No amor, a felicidade nunca se constitui na certeza. Antes, é passível de chafurdar no terreno movediço da mera possibilidade e acabar em amarga decepção ou coisa pior.

– Não viu como ela brincava com a mão dele? – perguntou Iago, descendo para o porto na companhia de Rodrigo. – Não acredito que tenha sido incapaz de observar isso.

– Decerto que vi – respondeu Rodrigo, sentindo-se ofendido pelo comentário aparentemente ofensivo de Iago. – Mas não acredito ter sido algo além de cortesia da parte dele.

– Acredite no que quiser. O que importa é o que passou pela cabeça do Mouro.

– Em que ele deve estar pensando?

– Em algo suficiente para nos ajudar a pôr em andamento nossos planos.

– E o que você espera que eu faça?

– Já se ouve por todos os lados que Otelo pretende realizar uma grande festa para celebrar o cargo de governador que acaba de assumir. Certamente Cássio estará lá. – Iago sorriu, debochado, ao acrescentar: – Os dois estarão lá.

– Sei disso.

– Cássio não o conhece e caberá a você, durante a festa, irritá-lo o máximo que conseguir. Fale muito alto na presença dele, o mais desagradável possível, e, quando ele reclamar ou exibir sua autoridade, ignore-o, transgrida suas determinações.

– Com que propósito, posso saber?

– O tenente é violento e se irrita com extrema facilidade, em especial agora que o novo cargo pode subir-lhe à cabeça e levá-lo a agredir você. Aliás, é bem isso que quero e de que necessito para que a confusão que provocarei leve as tropas a se amotinarem a tal ponto que somente a destituição de Cássio será capaz de restabelecer a paz.

– Acredita que isso seja possível?

– Certamente. Odeio Otelo, mas devo admitir que ele, embora nobre e amável, é por igual severo e não deixará passar um ato de insubordinação, mesmo que causado por seu principal assessor, o tenente em quem confia.

– Você parece bem certo disso.

– Tenho motivos para acreditar que meu plano dará certo. Além disso, se nada mais der certo, estou em condições de fazer tão grande ciúme apoderar-se do coração de Otelo que ele acabará se entregando a toda sorte de loucuras.

– Que tipo de loucura?

– Ah, nem queira saber, meu amigo, nem queira saber...

– Não é confiança demais?

– Acredite, Rodrigo, aquele mouro pode ser um temível guerreiro, mas não tem inteligência. Não passa de um grande asno e, como tal, acabará me agradecendo pela desgraça em que o lançarei.

Entreato

A cena se repetia onde quer que o arauto se encontrasse: rapidamente a multidão se aglomerava em torno dele, obrigando-o a se desdobrar para ser ouvido, gritando a plenos pulmões e enfrentando o entusiasmo barulhento logo que se descobria o que pretendia informar. Um sacrifício de fato infernal.

Algo mais ou menos assim:

– É vontade de Otelo, nosso nobre e valente general, que, por motivo das notícias do completo desbaratamento da armada turca, festejem todos esse triunfo com trajes alegres, dançando, acendendo fogueiras, entregando-se aos divertimentos e prazeres a que estiverem mais inclinados. Porque, além dessas notícias auspiciosas, celebra Otelo também o seu casamento. Assim, determinou que se fizesse esta proclamação. Todas as lojas ficarão abertas, havendo inteira liberdade de diversão, desde agora, cinco horas da tarde, até que o sino dê o sinal das onze. Que o céu abençoe a ilha de Chipre e o nosso nobre general Otelo!

PRESA FÁCIL

As lembranças ainda eram confusas e, por muito tempo, zonzo e ainda buscando reagir aos efeitos da bebida, Cássio não encontrava explicações fáceis sequer para si.

O que de fato acontecera?

Fora ele mesmo o responsável por sua própria desgraça?

Como se deixara levar pela embriaguez tão estupidamente?

As perguntas multiplicavam-se em sua cabeça e para a maioria delas não encontrava uma simples resposta.

Fora presa fácil única e tão-somente da bebida ou enveredara pela armadilha traiçoeira de alguém sem ao menos se dar conta do fato?

Perguntas. Perguntas. Muitas perguntas.

Isolado em seu alojamento e inteiramente à mercê da escuridão de persistente perplexidade, aos poucos alcançou uns poucos fragmentos de incipiente compreensão, memórias imprecisas. Em uma das primeiras, viu-se no interior do castelo do governador de Chipre, e Otelo, acompanhado por Desdêmona, voltou-se para ele e insistiu:

– Cuide da guarda à noite, caro Miguel. Não quero excessos nas festas que autorizei.

Boa parte das muitas outras recomendações dadas na sala de reuniões destinada ao governador e a seus subordinados perdeu-se nos derradeiros vestígios da embriaguez. Cássio de pouco ou quase nada se lembrava, fragmentos desconexos dos quais retirou uma resposta:

– Já dei ordens severas a esse respeito para Iago, senhor. De todo modo, irei pessoalmente conferir se foram seguidas.

– Iago é uma pessoa honesta e fiel seguidor de minhas ordens – assegurou Otelo, tranquilizador. – Não tenho dúvida de que tudo se fará a contento.

Palavras e imagens diluíram-se mais uma vez na memória traiçoeira, vitimada por um deserto nevoento de onde emergiam de tempos em tempos, sem o menor sentido, prestando-se apenas a aumentar a angústia do tenente. Em uma delas, Otelo sorria para Desdêmona, e os dois, felizes e apaixonados, desapareciam no final de uma escada que subia para outro dos grandes salões do castelo. Na recordação seguinte, a imagem sorridente e despreocupada do rosto de Iago se materializava desproporcionalmente grande, e foi possível a Cássio ouvir a própria voz dizendo:

– É bom que você esteja aqui, Iago. Precisamos verificar se nossas ordens foram cumpridas e se tudo se encontra em ordem na cidade.

Em outra imagem, ele se viu trafegar pela cidade ao lado de Iago, indo e vindo, atarefado, pelo verdadeiro labirinto de ruas e praças apinhadas de gente, boa parte delas rumando para o porto e para as praias que o mar ainda golpeava com vigor.

– Teremos muito tempo para isso, tenente – disse Iago. – Não são nem dez horas. Sabemos que nosso general nos dispensou tão cedo apenas porque mal pode esperar para enfim estar a sós com a bela esposa.

Sorriram, lembrou-se, e Iago concluiu com malícia:

– E podemos censurá-lo?

– Decerto que não, Iago. É uma senhora admirável.

– E deliciosa, posso lhe garantir.

– Desdêmona é uma mulher muito graciosa e delicada.

O tenente lembrou-se de que se incomodou com muitos dos comentários de Iago acerca da bela esposa de seu general. Pareceram-lhe atrevidos e despropositados, traindo uma intimidade que não sabia se ele tinha com ela e com Otelo. As observações de Iago eram, na verdade, insinuações que identificavam Desdêmona, de maneira desagradável, como uma criatura leviana e de caráter suscetível a galanteios de outros homens.

Cássio irritou-se. A crescente contrariedade com as palavras do outro apresentou-se muito nítida e de tal maneira enfática que, lembrou-se, Iago entrincheirou-se por trás de meia dúzia de risinhos contemporizadores e mudou de assunto.

– Vamos, tenente. Tenho comigo um bom quartel de vinho e um par de jovens cipriotas estão me esperando lá fora para me ajudar a dar cabo dele rapidamente – foram estas as palavras de Iago, e se seguiram a um alegre convite: – Junte-se a nós na celebração mais do que justa à saúde de nosso comandante negro.

– Não hoje à noite, meu bom Iago. É grande a minha responsabilidade, e sou fraco para bebidas.

Iago insistiu:

– Ora, meu amigo, não se faça de rogado. Um copo apenas...

– Lamento, mas já tomei um copo de vinho, diluído em água. Mesmo assim, você pode ver que não me sinto muito bem.

Lapsos de memória lançaram Cássio ao abismo da mente, onde existiam apenas meros fragmentos. Até o que ele havia dito e ouvido surgia em fiapos de incompreensão. Nem sequer se lembrava de por onde andara no labirinto de ruelas e praças barulhentas, entre multidões eufóricas e visivelmente embriagadas, que se empurravam e comprimiam-se umas contra as outras.

– Tudo bem, tudo bem. Vou acompanhá-lo. A contragosto, mas vou – ele recordou haver concordado, por fim.

O rosto sorridente de Iago aparecia em seu pensamento, misturado às multidões embriagadas e aos companheiros que iam aumentando de número, as canecas passando de mão em mão, meros borrões humanos diante dos olhos enevoados do tenente. Criados circulavam com jarros de vinho, servindo a todos. Reconheceu Montano entre os jovens soldados cipriotas.

– Por Deus, já me fizeram beber uma boa caneca! – protestou depois de certo tempo, fazendo menção de partir. A cabeça parecia pesada sobre os ombros tensos. Ele tropeçou nos próprios pés e quase caiu.

– Provavelmente uma caneca pequena demais, nobre Cássio – comentou Montano, zombeteiro.

– Tragam mais vinho! – berrou Iago, enchendo nova caneca que chegou logo às mãos de Cássio.

Façam tinir a caneca! Façam tinir a caneca!
A vida é quente! Soldado é gente!
Soldado, que leve à breca...

Eles cantarolavam sem parar. Música infernal, que alfinetava sua memória e lhe fazia doer fortemente a cabeça.

– Mais vinho, rapazes! – gritavam de tempos em tempos.

O vinho, enfrentando o crescente obstáculo da garganta, sinal inequívoco de larga beberagem, escorria-lhe pelos cantos da boca. O mundo girava como um redemoinho, em invencível vertigem, e as pernas fraquejavam, ameaçando prostrá-lo nas pedras do calçamento das ruas escuras. Chocou-se com homens e mulheres pelo caminho. Jarros caíam das mãos de alguns, e o tenente empurrava um ou outro enquanto protestava de forma cada vez mais débil contra aqueles que continuavam lhe passando às mãos mais e mais canecas transbordantes de vinho.

– À saúde do nosso general! – ele bradou em certo momento. Depois, visivelmente embriagado, porém lembrando-se de Otelo, empertigou-se e, equilibrando-se sobre pernas bambas, insistiu: – Voltemos para nosso trabalho, cavalheiros. Temos responsabilidade com nosso comandante. E, por favor, não pensem que estou bêbado.

Montano juntou-se a ele e, ante a relutância dos outros soldados, berrou:
– Para a guarda, senhores! O dever nos chama!

Cássio não se lembrava com exatidão do que se passou em seguida. A mente confusa e ainda sob o efeito da embriaguez lhe permitia pouco. Rostos mais ou menos conhecidos. O corpo chocando-se de forma dolorosa e repetida contra o chão pedregoso. Palavras misturando-se e por vezes se transformando em indagações estranhas, muitas eivadas de desprezo e visível tom acusatório.

– Ele bebe muito e, como podem ver, a confiança que Otelo deposita nele me parece exagerada e pode nos causar problemas até com a boa gente de Chipre, não concorda? – perguntou Iago.

– Isso é frequente? Quero dizer, as bebedeiras...

Cássio reconheceu a voz de Montano, e foi dele que partiu outra observação sincera e extremamente cruel:

– Lastimável que nosso general se arrisque tanto, colocando alguém tão fraco em um cargo tão importante...

Outra voz, tão próxima que ele sentiu o hálito morno roçar-lhe a nuca, misturou-se àquele comentário e, no momento seguinte, falou:

– Oficial imprestável! Como vai defender qualquer um de nós se mal se aguenta em pé de tão bêbado?

Mãos fortes apoiaram-se em suas costas e o empurraram. Cássio esparramou-se mais uma vez no calçamento e esperneou vigorosamente por uns instantes, antes de levantar-se e se lançar sobre o vulto de um homem. Tentou esmurrá-lo, mas o soco golpeou apenas o vazio. Por pouco, desequilibrado, quase se estatelou no chão.

– Socorro! Socorro!

Seu agressor fugiu aos gritos, e ele partiu em seu encalço.

– Miserável! Patife!

Viu-o juntar-se a Iago e aos outros soldados, enquanto Montano, surpreso, abraçava-se a ele, impedindo-o de atacar o agressor.

– Que acontece, tenente? – perguntou.

– Esse pulha impertinente está querendo me ensinar o dever! – gritou Cássio, buscando soltar-se dos braços de Montano. Empurrou-o e, desembainhando a espada, tornou a avançar na direção daquele que o agredira, rosnando:

– Vou... vou...

O agressor era Rodrigo, que, abaixando-se, escapou da lâmina afiada.

– Tenha calma, meu bom tenente! – insistiu Montano, detendo um segundo golpe de Cássio com a própria espada. – Controle sua mão antes que cometa uma desgraça!

– Saia da minha frente, senhor, ou juro que amasso seu crânio também!

– Deixe disso! Está completamente bêbado! – insistiu Montano.

Cássio olhou em torno enquanto tentava se libertar dos braços de Montano e viu Rodrigo conversar com Iago antes que ele por fim o empurrasse na direção de uma viela próxima. Aquilo o irritou ainda mais. Incapaz de soltar-se, ele derrubou Montano com uma violenta cabeçada e em seguida feriu-o mortalmente na barriga com a ponta da espada.

A raiva dissipou-se como por encanto. Vendo-o estatelado a seus pés, e lambuzado de sangue, o tenente olhou à sua volta, desorientado. Iago e os outros soldados o rodearam, paralisados como ele, sem saber o que fazer. Um sino badalava com fúria, e a cabeça de Cássio latejava, consumida por forte dor.

Lembrou-se de que Montano gemia e não conseguia se levantar.

– Estou sangrando... – balbuciou. – Estou ferido...

Otelo saiu do beco por onde fugira Rodrigo e marchou em largas passadas na direção do tenente. A imagem veio nítida e vexatória à sua mente. Numeroso grupo de soldados o acompanhava.

– Parem, eu lhes ordeno! – gritou, com raiva. – Parem, por suas vidas!

Iago ajudava Montano a se levantar e olhava de Cássio para Otelo e deste para Cássio, alarmado, tagarelando:

– Calma, tenente! Por Deus, Montano! Perderam o juízo? Que vergonha!

Otelo colocou-se entre eles. Os olhos negros faiscavam, indo de um para outro, enquanto suas palavras buscavam uma explicação em meio ao murmurinho crescente da multidão.

– Que aconteceu? Já não nos bastam os turcos? Precisamos buscar novos inimigos entre nós mesmos? Ouçam bem: aquele que se mexer para despejar sua raiva no companheiro já tem seu destino traçado: é um homem morto!
Finalmente cravou os olhos em Iago e perguntou:
– O que se passou aqui, homem? Desembucha!
Iago fugiu de seu olhar.
– Não faço ideia, meu senhor. Ainda há pouco éramos amigos fraternos e de repente...
Otelo voltou-se para Cássio, olhando-o dos pés à cabeça por alguns instantes antes de perguntar:
– E você, Cássio? O que me diz acerca do estado em que se encontra?
– Perdoe-me, senhor, mas nada posso dizer que...
Otelo não esperou que o tenente concluísse o que iria dizer. De imediato encarou Montano e insistiu:
– Você sempre foi um homem de grande retidão e inatacável seriedade, digno Montano. Nada espero de você a não ser a verdade. Quero saber o que aconteceu. De antemão imploro que pense bem antes de jogar no lixo sua reputação, negando-me a verdade ou, pior ainda, enchendo meus ouvidos com mentiras. Responda, eu peço.
– Meu bom senhor, como pode ver, estou morrendo e nem sei se tempo terei para explicar-lhe o que se passou. Certamente, seu oficial, Iago, estará em melhores condições de contar o que houve.
Tudo então se passou de forma rápida e ainda estava gravado na memória de Cássio. Impossível esquecer, pensou, ao recordar-se de que, premido pelo olhar dardejante de raiva e inconformismo de Otelo, Iago virou-se devagar para ele e principiou:
– Senhores, eu sinceramente preferiria que me cortassem a língua a ofender de alguma maneira a Miguel Cássio, mas estou convencido de que a verdade não lhe fará mal algum.
E se pôs a narrar o que se passara:
– Desconheço os motivos que levaram à desavença entre Cássio e aquele homem, mas estávamos Montano e eu conversando quando

Cássio surgiu correndo atrás do tal homem, espada na mão, bêbado e disposto a matá-lo. Não tenho condições de garantir se ele realmente mataria, mas suponho que Montano não tinha semelhante dúvida, tanto que tentou impedir que Cássio cometesse tal desatino. Fui no encalço de ambos e, quando lá cheguei, o homem que provocara a ira de Cássio desaparecera em uma gritaria desesperada que acabou por despertar a cidade inteira e, pior, os dois estavam engalfinhados em feroz disputa da qual Montano saiu mortalmente ferido.

Havia mais decepção do que raiva no rosto de Otelo quando ele se voltou para Cássio e disse:

– Meu caro, estimo-o muito, mas de hoje em diante você não é mais meu oficial.

Depois de tais palavras, todas as outras perderam-se em uma desimportância fria e angustiante. Poucas ainda restavam entre as lembranças que permaneciam em sua cabeça.

Desdêmona, atraída pela grande confusão, apareceu entre vários criados e quis saber o que se passara.

– Que aconteceu? – perguntou.

Otelo, que pouco antes afiançara que Cássio seria castigado de modo exemplar, imbuiu-se de extrema e inesperada tranquilidade e alcançou-a, dizendo:

– Está tudo bem, minha querida. A vida de um soldado é sempre assim, e seu sono quase sempre é intranquilo.

Em pouco tempo, os dois voltaram ao castelo, e o corpo de Montano foi carregado por seus companheiros escuridão adentro, restando a Iago e Cássio a companhia de um silêncio sobrenatural.

– Perdi a reputação, Iago – disse Cássio com imensa melancolia. – Perdi o que um homem tem de mais importante.

– Que é isso, homem! – protestou Iago. – A reputação é um apêndice ocioso e enganador, obtido muitas vezes sem merecimento e perdido sem nenhuma culpa. Não se entregue a juízos apressados.

– Como assim?

– Incontáveis meios existem para que você recupere a estima de seu general.

– Preferiria o desprezo dele a ludibriá-lo em sua boa-fé, apresentando-me como algo que não sou. Não passo de um oficial leviano, bêbado e indigno de sua confiança.

– Quem era o sujeito que você perseguia com tanto ódio? Que fez ele para despertar sua ira?

– Não sei, não sei...

Realmente, Cássio recordava uma infinidade de coisas, mas outras tantas preferia esquecer. Nada mais inestimável do que os muitos conselhos dados por Iago. Ser-lhe-ia grato pelo resto da vida. Na verdade, até se surpreendeu. Acreditava que ele se sentira injustiçado quando Otelo não o escolheu para seu tenente e estava certo de que seria o maior interessado em sua desgraça. Iago, porém, mostrou-se solidário e disposto a ajudá-lo.

– Vou lhe dizer o que deve fazer – disse ele. – A esposa de nosso general é agora o general. Acredite: depois de muito observar a dedicação e o carinho que Otelo dedica a ela, posso garantir, sem medo de errar, que o caminho mais curto para conquistar o perdão dele é por intermédio de Desdêmona. Não se faça de rogado e a procure o mais depressa possível. Fale de coração aberto e com a mais absoluta franqueza; mostre-se sinceramente arrependido. Ela o ouvirá, e, se você tocar o coração dela, tenho certeza de que intercederá junto do general e o ajudará a reconquistar seu lugar.

Iago foi sincero e generoso em extremo. Cássio encontrou nele um grande amigo e assegurou-lhe que agiria o quanto antes.

– Logo que amanhecer, vou pedir à virtuosa Desdêmona que interceda a meu favor.

– Tem razão – concordou Iago. – Boa noite, tenente.

Quanta bondade!

Um pouco depois, Cássio reencontrou alguma paz em seu coração atormentado, naquele momento mais leve e agradecido por, apesar de todos os atropelos daquela noite, ter encontrado um amigo em Iago, alguém honesto e leal, disposto a ajudá-lo de maneira desinteressada.

UM HOMEM DESESPERADO

Pelo menos metade de um dia se passou depois do terrível incidente que redundou nos graves ferimentos infligidos a Montano. Uma das primeiras consequências que se seguiram a tão desagradável acontecimento foi que a festa convocada pelo novo governador para celebrar o desbaratamento do invasor otomano e seu casamento praticamente não ocorreu. A cidade estava dividida entre a natural preocupação com o antigo governador e as poucas e acabrunhadas ocorrências nesta ou naquela residência da aristocracia local ou no interior de umas poucas tabernas. Nem a confirmação do completo afastamento dos poucos remanescentes da poderosa frota invasora se prestou a minorar o estado geral de profunda consternação da população da ilha. Montano era estimado por todos, e a agressão de que fora vítima, em circunstâncias tão banais, causou certa animosidade entre venezianos e cipriotas. Apesar disso, nada atrairia mais atenção e provocaria mais comentários entre estes e aqueles do que as frequentes visitas que o agressor, o ex-tenente Miguel Cássio, faria no dia seguinte à casa do governador.

Otelo

Poucos compreenderiam e, mais adiante, se surpreenderiam ao descobrir que, ao contrário do que supunham, o elegante oficial florentino não se dedicava a visitar Otelo, seu comandante, em busca de indulgência e da recuperação de seu antigo e prestigiado posto, mas, antes, a solicitar repetidas vezes uma audiência com a jovem esposa de Otelo, valendo-se da companhia de músicos e outros artistas que se punham a tocar e a recitar poemas encantadores à porta do castelo ou mesmo diante da janela do quarto que ela e o marido ocupavam.

O estranhamento transformou-se, logo nas primeiras horas, de insistência para inconveniência, em terreno fértil para a imaginação dos maledicentes. Os boatos espalharam-se pela cidade em pouco tempo, o mistério embrulhado no fino veludo da desconfiança e atado pelo forte nó de persistente suspeita, o qual, por ingenuidade ou por necessidade, Cássio insistia em carregar todos os dias para a porta do palácio do governador, sem perceber o que acontecia a seu redor, e envolvia, involuntariamente, a pobre Desdêmona.

Que fazer?

Como compreender e, mais adiante, aceitar um gesto dos mais inocentes de um homem desesperado?

Impossível.

Seu temor se estendia por tão longos e tortuosos caminhos que ele mal dormira depois da confusão em que se envolvera. Aceitaria qualquer conselho, com base apenas na absoluta falta de alternativas e na compreensão do tanto que perdera da noite para o dia por causa de umas poucas canecas de vinho.

Estava tão imbuído de sua missão, a seus próprios olhos, salvadora, que se fez cego e incapaz de entrever o inescapável caráter daninho de que se investia a sugestão de Iago, chegando a aceitar que ele intercedesse a seu favor e conseguisse o precioso encontro com Desdêmona.

– Não se preocupe – tranquilizou-o Iago. – Farei com que ela venha a seu encontro agora mesmo. Mais: arranjarei um jeito de distrair o Mouro para que possas falar de seu assunto o mais livremente possível.

– Nem sei como agradecer, meu amigo – disse Cássio, aliviado.

– Não o faço apenas por você, Cássio, mas, antes, para que nosso comandante corrija um grande erro. Seu castigo foi exagerado, decidido pelo coração e não estabelecido pela razão.

Como outros homens, Cássio deixou-se iludir pela subserviência de Iago. Transtornado pelos últimos acontecimentos, preocupado com as consequências que poderiam advir de seu gesto tresloucado da noite anterior – mas, em primeiro lugar, sentindo-se abandonado por todos –, ele apreciou o apoio incondicional e, acreditava, absolutamente desinteressado de Iago. Isso lhe infundiu forte confiança e, em igual medida, despojou-o de temores e até de certa hostilidade com relação ao que Iago poderia fazer contra ele depois de preterido na promoção que, muitos garantiam, ele esperava e se acreditava merecedor há muitos anos.

Era um homem agradecido e estendeu tal gratidão a Emília, esposa de Iago.

– Sou muito agradecido por tudo que vocês dois têm feito por mim – disse ele quando Emília foi buscá-lo e o levou para dentro do castelo.

– Meu marido e eu ficamos muito consternados com tudo o que se passou entre o senhor e o general, nobre Cássio – afirmou Emília. – Mas estamos certos de que muito em breve tudo voltará a estar bem entre ambos.

– Deus a ouça!

– Neste momento o general e a esposa certamente conversam sobre seu caso. – Emília sorriu e comentou: – O senhor tem uma grande defensora na senhora Desdêmona, sabia?

– Até me espanto com essa informação... – disse Cássio, galgando os degraus que os levaram para dentro do castelo. – Eu nem imaginava que...

– Sua humildade me espanta, tenente. A senhora fala com grande ardor e entusiasmo em sua defesa, e o general não se mostra insensível aos apelos dela. Ainda há pouco admitiu que o puniu apenas porque o nobre que o senhor feriu é muito importante e conceituado entre a

gente da ilha, e ele disse que punir o senhor foi a maneira mais acertada de evitar maiores confusões com a família dele.
– Quanta generosidade!
– Não é verdade?
– Será que a senhora me permitiria um especial favor?
– Se estiver ao meu alcance...
– Haveria possibilidade de eu falar a sós com Desdêmona, nem que seja em uma entrevista curta?
Emília sorriu, generosa, como que procurando tranquilizá-lo.
– Não se preocupe, tenente. Arranjarei as coisas para que os dois fiquem a sós.

Cássio desdobrou-se em novos elogios a Iago e à própria Emília. Mostrava-se nervoso e tropeçava nas palavras enquanto galgava os degraus que subia para alcançar a enorme construção que dominava a paisagem constituída pela labiríntica cidadela. O arrependimento perpassava cada palavra ou gesto e, depois de certo tempo, Cássio se repetia ou se entregava a exageros.

– Minha vida está nas mãos da bela senhora – disse em mais de uma ocasião, os olhos rodeados por feias olheiras e marcas avermelhadas comuns a uma noite de insônia.

Emília pouco falara durante todo aquele tempo. Dividiu-se em sorrisos breves e invariavelmente solidários, aqui e ali animando-o com duas ou três palavras de incentivo, nada além, enquanto os olhos passeavam pelas amplas janelas do castelo, como se procurasse algo ou alguém que, por fim, encontrou. Iago a observava de uma das janelas e, no momento em que seus olhos se encontraram, ele balançou a cabeça de modo quase imperceptível, em uma anuência muda. Iago chegou a permitir-se um risinho malicioso antes de voltar para Otelo e os soldados que se reuniam em torno de uma grande mesa.

– Mais alguma coisa, meu senhor? – perguntou, apresentando-se a todos como se tivesse sido vitimado por momentânea distração.

– Estava comentando com nossos visitantes sobre as obras no interior do castelo – informou Otelo. – Quer ir comigo?

– Perfeitamente. Posso lhes garantir que todos ficaremos encantados com o que iremos ver.

Risos.

– Não lhes deem ouvidos, meus amigos – disse Otelo. – Iago muitas vezes exagera em seus comentários...

– O que posso fazer, meu general? Sou apenas um pobre soldado a sobreviver da generosidade e da confiança de seus comandantes.

SUSPEITA

Nem ele soube bem por que abriu o braço e impediu Iago de continuar caminhando a seu lado, ultrapassando-o com seus passos apressados. Muito menos por que o puxou para trás de uma pilastra e em sua companhia pôs-se a observar Cássio, que descia de um lance de escada entre Emília e Desdêmona.

Por quê?

Tornou a deter Iago com o braço e espreitou os três alguns metros à sua frente. Gesticulou para que Iago se calasse e continuou observando. Mais do que apenas observar, tratou de ouvir o que conversavam, os olhos apertados, animados por um sentimento novo e perturbador, na verdade inexplicável. Rugas acumularam-se nos cantos dos olhos estreitos, animados por uma centelha de inesperada suspeita.

Nem entendia de onde viera tal sentimento, mas, depois que o experimentou, um calor intenso envolveu-o dos pés à cabeça, incomodando-o. Nem assim ele abandonou o esconderijo descabido. Continuou observando, ouvindo.

Por quê?

Não soube explicar nem para si mesmo.

Queria. Precisava. Peito oprimido. Inquietação com aquela desagradável sensação de mal-estar que se espalhava pelo corpo, o interesse em ouvir tudo e mais um pouco, cada palavra que Desdêmona dizia e Cássio respondia.

Estranhou o próprio comportamento e, em mais de um momento, pensou em aproximar-se.

Por quê?

Como saber?

Não encontrava resposta convincente.

Estranho.

Desagradável.

Um frio intenso desmanchou-se em ondas de inquietação.

– Generosa senhora, seja qual for a sorte que me alcançar, pode acreditar que terá sempre em mim seu mais leal servidor, um escravo de suas vontades... – Cássio mais uma vez se fazia insinuante e cheio de galanteios, seus sorrisos eram hipnóticos, atraindo outros tantos sorrisos de Desdêmona e Emília.

– Meu marido não terá mais sossego – prometeu Desdêmona. – Hei de amansá-lo, e sua paciência será posta à prova enquanto ele não ceder à sua súplica. Hei de dobrá-lo.

Foi nesse momento que as sólidas barreiras do inconformismo se romperam, e Otelo, na companhia de Iago, foi visto por Emília.

– Meu amo vem aí, senhora! – disse ela, com certo constrangimento.

Cássio olhou na direção dos dois recém-chegados e, aparentando igual constrangimento, falou:

– Devo despedir-me, senhora.

Desdêmona espantou-se:

– Ora, por quê? Não gostaria de ficar mais um pouco e me ouvir defendê-lo?

– Receio que em meu atual aspecto darei um péssimo testemunho de mim mesmo. Em outra ocasião, quem sabe...

– Se assim preferes...

Cássio olhou mais uma vez na direção de Otelo e Iago, o embaraço cobrindo-lhe o rosto com uma vermelhidão repentina, e afastou-se apressadamente.
– Isso não me agrada! – disse Iago, acompanhando o afastamento do tenente com um olhar que exprimia certa desconfiança.
Otelo olhou para um e para outro e, por fim, indagou:
– Que foi que disse?
– Nada, senhor. Bobagem da minha parte.
– Não era Cássio aquele que conversava com sua esposa e minha Desdêmona?
– Tive a mesma impressão... mas, sendo ele, por que se esgueirou daquela maneira quando nos viu?
– Estou quase certo de que era ele.
Otelo pensou em segui-lo, mas Desdêmona o chamou:
– O que faz aqui, meu marido?
Otelo dirigiu-lhe um olhar irritado e contrapôs:
– Eu poderia lhe fazer a mesma pergunta, minha esposa. Quem era aquele que conversava com você?
– Um suplicante.
– Quem?
– Seu tenente Cássio.
– E o que ele fazia aqui?
– Meu marido, se eu tiver a possibilidade de demovê-lo de alguma decisão, apelo para que se reconcilie com ele.
A contrariedade e a desconfiança anuviaram a expressão de Otelo.
– Por que me diz tais palavras?
– Ele o estima e o respeita muito. Errou mais por descuido do que por intenção. Portanto, merece voltar a seu posto.
– Ele estava aqui, não?
– Sim, estava e se encontrava de tal maneira abatido que quase cheguei às lágrimas. Devo chamá-lo?
– E por que ele não ficou aqui para fazer sua própria defesa? Não confia em si ou outro motivo o levou a fugir tão apressadamente?

– Ele se disse indisposto e poderia mais atrapalhar do que ajudar na sua defesa se o encontrasse agora.
– É mesmo?
– Devo chamá-lo?
– Talvez mais tarde.
– Mas...
– Agora não, Desdêmona.
– Mas pelo menos será logo?
– Assim que possível, se você deseja.
– Que tal hoje à noite, durante a ceia?
– À noite, não!
– Então amanhã, à hora do almoço?
– Não estarei em casa amanhã cedo. Almoçarei no forte, com todos os capitães.
– Então quando poderá ser? Amanhã à noite? Ou terça pela manhã? Talvez à noite?
– Mas que aflição é essa, minha amada?
– É compreensível que, em tempos de guerra, até mesmo os melhores devem ser punidos, para se combater a insubordinação. No entanto, este não foi o caso do tenente, e você já deve ter percebido do erro que cometeu. Por favor, meu marido, diga-me quando seu oficial poderá vir. Marque hora e data.
– Que venha quando bem entender. Você sabe bem que nada lhe nego e o receberei no momento em que aparecer em frente à minha porta. – Um largo sorriso iluminou o rosto de Otelo. Como se procurasse acalmar a esposa, ele continuou: – Eu gostaria de lhe pedir um favor. Seria possível atendê-lo? Apenas um...
– Não passa por minha cabeça recusar-lhe alguma coisa, meu marido. Nunca, nunca realmente.
– Grato, muito grato.
– O que deseja?
– Seria possível deixar-me apenas por um instante ou dois? Tenho muito em que pensar.

– Como não, meu marido? Já estou indo, se assim deseja.

Otelo sorriu novamente.

– Será só por uns momentos...

Desdêmona virou-se para Emília e, após lançar um novo olhar para o marido, disse:

– Vamos logo, minha amiga. Meu marido precisa ficar só.

Otelo acompanhou-a com o olhar. Enquanto a via afastar-se na companhia de Emília, comentou:

– Ah, como a amo, minha adorável esposa...

Calou-se e virou-se para Iago quando este o chamou.

– Que quer? – perguntou. Espantou-se com a expressão constrangida do oficial. – Que cara é essa? Algo o incomoda?

– Não sei como lhe fazer a pergunta...

– Que pergunta, homem?

– Estou preocupado com a senhora...

– Minha esposa? O que há?

– Ela estava tão preocupada com Cássio e foi tão enfática que...

– Que mal há nisso? Desdêmona é uma alma pura e preocupada com a felicidade alheia.

– Nada tenho a dizer que desabone a conduta de sua esposa, meu senhor, muito pelo contrário. Meu temor é outro.

– O que você teme?

– O senhor se importaria em me dizer se Miguel Cássio tinha consciência de seu interesse pela bela Desdêmona desde o princípio?

– Desde sempre. Por que a pergunta?

– Curiosidade, nada além de curiosidade, meu senhor.

– Curiosidade? Que tipo de curiosidade?

– Bobagem, realmente. Nada importante.

– Deixe-me ser o juiz disso.

– É que eu pensava que ele a conhecesse apenas depois que o senhor com ela se casou.

– Ele a conhecia bem antes disso e muitas vezes pedi a ele que me aproximasse dela.

— Verdade?
— Sim. Acaso vê algo de reprovável nisso? Ele não é honesto ou algo pior?
— Honesto, meu senhor?
— Sim, honesto.
— Tudo o que sei sobre ele...
— Não se faça de desentendido, Iago. Você tem algo em mente. Lembro-me de que, ainda agora, quando Cássio se afastava, você comentou algo como "isso não me agrada". E, quando lhe disse que ele era meu confidente enquanto eu fazia a corte à minha esposa, você fez outro comentário, algo como "realmente?", e pude ver contrariedade em seu rosto, o que me levou a pensar que carrega algo dentro da alma, algo não muito bom.
— O senhor sabe como lhe quero bem.
— Se assim for, fale de uma vez!
— Aquiete sua alma, senhor, pois asseguro-lhe que Cássio é honesto.
— Mas?
Iago espantou-se:
— Mas o quê?
— Sua voz o traiu, Iago. Sinto que está ocultando algo. Vamos, fale.
— Eu lhe suplico que não me peça tal coisa.
— Por quê? É algo tão horrível assim o que de mim esconde?
— Temo a armadilha que toda palavra pode ensejar. Mal compreendida e, pior ainda, mal interpretada, provoca toda sorte de sentimentos, em especial, os mais terríveis, em nossa alma torturada.
— Você está falando por enigmas, Iago. O que tanto teme?
— Nada pior do que a suspeita, mas principalmente o monstro devastador do ciúme, a insinuação perversa que levanta dúvidas e se presta à destruição até das mais sólidas relações entre um homem e uma mulher. Ainda mais quando o homem se vê ou pensa estar sendo traído em sua boa-fé e em seu amor.
— Maldição, do que está falando? Que história é essa de ciúme e traição? Não me tente com palavras que tudo dizem e insinuam, mas nada

provam. Sou mais do que isso e não levantarei nenhuma suspeita sobre a mulher que amo antes da solidez cruel porém esclarecedora de uma prova. Preciso ver primeiro para duvidar. E, depois da dúvida, não abdico das necessárias provas e que sejam boas, inquestionáveis. Aí, sim, liquidarei o amor e o ciúme.

– Se assim diz, sinto-me mais à vontade. Não ainda para lhe trazer alguma prova, pois não as tenho e, com sinceridade, espero jamais ter. De todo modo, advirto-o: vigie sua esposa, observe com atenção como ela e Cássio se tratam, lance a eles olhares nem enciumados nem confiantes demais.

– Não creio que Desdêmona me seja infiel.

– Ela enganou o pai para casar com o senhor, fingindo inclusive que o temia quando na verdade o amava.

– Reconheço como verdade.

– Quanto a mim, reconheço que falei em demasia e me desculpo antecipadamente. Gostaria de estar enganado e que talvez nada haja entre sua senhora e Cássio. Tampouco posso acusá-lo de ser o vilão, nem que esteja se valendo da boa vontade e da ingenuidade dela para seus propósitos infames.

– Preferiria acreditar nisso.

– Eu também. O senhor ficou abalado com aquilo que lhe disse em boa-fé...

– Nem um pouco. Eu lhe asseguro que confio em Desdêmona, e você nada me disse ainda que abalasse tal confiança.

– Que assim seja. Guarde suas suspeitas, se já as tem, e nem por um segundo questione a virtude de sua esposa. Vida longa tenha ela, e o senhor também, guardando tão inexpugnável certeza.

– Cessem as insinuações! Que encontremos as provas ou que a paz, na ausência delas, sirva para manter o meu amor por Desdêmona e testemunhar em favor de sua grande e inatacável virtude.

– Já fui muito longe com minhas palavras, meu senhor. Devo me calar e partir.

– Concordo, Iago. Adeus, adeus!

Otelo sentia-se zonzo e confuso quando viu Iago distanciar-se pelo corredor. Não sabia o que pensar e muito menos por que desconfiar da mulher que tanto amava. Sem que percebesse, as palavras cavilosas de Iago espalhavam-se devagar em sua mente, como um germe dos mais daninhos, embrião de forte suspeita, erodindo a fortaleza de seu amor ou pelo menos insinuando-se de tal maneira que certezas inabaláveis desfaziam-se com surpreendente rapidez.

Que dizer? Que fazer?

Irritava-se consigo mesmo, efeito mais do que previsível de uma paixão que se construíra rapidamente, mas se fizera em terreno arenoso e com raízes frágeis, incapazes de sustentar-se por muito tempo.

A crença nas insinuações de Iago surgiu com a mesma rapidez de sua paixão por Desdêmona. Estava com os nervos à flor da pele quando ela voltou na companhia de Emília.

– Você se esqueceu da ceia e de seus convidados, meu querido? – indagou ela, preocupada. – Eles estão à sua espera...

Irritado e incomodado por suas próprias dúvidas, Otelo a encarou e resmungou:

– E por causa de meu pequeno atraso já sou passível de censura?

– Por que está falando dessa maneira, meu marido? Está indisposto?

Assustado com a própria rispidez, Otelo esfregou a testa porejada de suor e desculpou-se:

– Dói-me a cabeça...

– Decerto são os muitos problemas que você enfrentou desde que chegou à ilha. Deixe-me ajudá-lo. – Um lenço apareceu nas mãos de Desdêmona, e ela procurou enxugar-lhe o rosto. – Deixe que eu lhe aperte bem a cabeça e estará melhor em uma hora.

– Que bobagem, mulher! Não vê que o lenço é por demais pequeno? – Otelo afastou-lhe a mão com brusquidão, e, quando ela fez menção de apanhar o lenço que lhe caíra da mão, ele a deteve com impaciência: – Esqueça isso. Vamos logo. Não façamos nossos convidados esperar mais!

Emília observou-os sem pressa e apenas se moveu na direção do lenço quando o casal por fim desapareceu na semiescuridão do fim do corredor.

O LENÇO

Iago o examinou minuciosamente e, em pelo menos duas ocasiões a desconfiança fez seus olhos faiscar, fixos na esposa. Emília mexeu-se, incomodada, mas permaneceu calada, esperando que ele se convencesse da autenticidade do lenço que em dado momento chegou a cheirar, fungando como um velho perdigueiro.

– Você o roubou? – perguntou ele.

Emília sustentou-lhe o olhar, inabalável, e respondeu:

– Não foi preciso. Desdêmona o deixou cair, e eu o peguei.

– Excelente!

– Agora você poderia me dizer o que vai fazer com ele?

– Com o lenço?

– E com o que mais seria? Se me lembro bem, há tempos você vem me pedindo para roubá-lo.

– E que lhe importa isso? – grunhiu Iago com rispidez, guardando-o na manga da camisa.

– Se não for para alguma coisa boa, devolva logo. Pobre Desdêmona! Vai enlouquecer ao dar pela falta dele.

– Finja que de nada sabe. Tenho utilidade para ele.

– Mas...

– Vá andando, mulher! – Iago impacientou-se e a empurrou ao avistar Otelo aparecer no topo da escada e descer com pressa, em sua direção. – O general se aproxima!

Emília afastou-se, contrariada, e desapareceu atrás de uma das várias portas que se abriam para um pequeno corredor à direita, enquanto o marido marchava ao encontro de Otelo.

– Ainda preocupado, meu senhor? – indagou, solícito.

– Não se faça de tolo, Iago!

– Que diz, meu senhor? Acaso devo me culpar por ser sincero?

– Quero prova visível ou pelo menos uma coisa que não tenha nem gancho nem presilha onde a dúvida possa pendurar-se. Senão, ai de você!

– Mas senhor, eu apenas...

– Se você caluniou a mulher que amo e ainda me tortura com suas meias palavras, não espere de mim remorso algum, mas a mão pesada e o castigo mais temível.

– O que o senhor quer de mim?

– Uma prova. Qualquer prova.

– Estou arrependido e me sentindo terrivelmente envergonhado do que lhe falei.

– Provas, Iago. A acusação é grave, e suas palavras, apenas, não me servem.

– Se soubesse que o senhor queria uma prova...

– Queria, não. Eu quero!

– Serei sincero, meu senhor.

– Pois seja sincero. Sua vida pode vir a depender de você ser capaz de me convencer.

– Nada tenho além de indícios, mas são indícios fortes, daqueles que, se o senhor for paciente e atento, o conduzirão à porta da verdade.

– Nada peço além de uma prova real de que minha esposa é falsa.

– Não me agrada esse ofício.

– Pois conforme-se. Se você abriu as portas do inferno para que delas saíssem a aflição, a suspeita e a intranquilidade que me tiram o sono, terá de fechá-las ou lá se trancar para escapar da minha ira.

– "Desdêmona querida, sejamos cautelosos, encubramos bem o nosso amor!"

Os olhos de Otelo dardejavam quando ele se lançou sobre Iago e apertou-lhe o pescoço com as mãos enormes, os dedos afundando na pele fina.

– De que está falando, seu biltre?

Iago empalideceu, os olhos arregalados, a boca abrindo e fechando com desespero, buscando abocanhar qualquer porção do ar que lhe faltava.

– Por favor, senhor... – gemeu. – Não consigo respirar...

– Vamos, responda!

– Meu senhor, eu... eu...

Otelo, surpreso com o próprio gesto, soltou-o com um forte repelão e insistiu:

– De que está falando?

Iago arquejou ainda por um bom tempo, tremendo incontrolavelmente, as costas apoiadas em uma das paredes ao longo do corredor.

– Outro dia passei duas noites na companhia de Cássio, senhor – balbuciou.

– E o que tem isso a ver com o que você acabou de dizer?

– Um de meus dentes me doía, e eu não conseguia dormir.

– Cada vez entendo menos.

– Cássio dormia e, em dado momento, disse as palavras que acabo de repetir.

– Você está mentindo! – Otelo encostou-se na parede ao lado de Iago, trêmulo, os joelhos como que se dobrando ao peso de informação tão estarrecedora. – Impossível!

– Juro que é verdade e me envergonho do que aconteceu em seguida.
– Como assim?
– O sono dele era pesado e, no momento seguinte, ele se apossou de minhas mãos e se pôs a dizer "Oh, criatura adorável!" – Iago se calou por instantes, o constrangimento expressando-se em uma palidez horrenda por todo o rosto macilento. – Ele me beijava com tamanha vontade que tive imensa dificuldade de me livrar de seus braços e da perna que colocou por cima de minha coxa, beijando-me e gemendo mais e mais juras de amor, até que finalmente, resfolegando e acreditando-se na companhia da senhora, gemeu forte protesto, algo como "Por que tece de se entregar para aquele mouro?"
– Maldito! Maldito seja!
– Por favor, meu senhor, acalme-se. Tudo não passou de um sonho!
– É o que você diz, mas quem me garante que isso não foi fruto de experiências passadas?
– Não se precipite, senhor, eu lhe imploro!
– Vou fazê-lo em pedaços!
– Seja cauteloso...
– Como?
– O desejo de um homem não é prova, muito menos se encontramos tal vontade em um sonho, que nada representa. E se sua esposa for honesta e não tiver participado nem do sonho pecaminoso de Cássio?
– O que você quer dizer?
– Pode não ter passado de um desvario de Cássio e sua senhora ser completamente inocente. Se o senhor tiver pelo menos uma prova concreta de sua indiscrição...
– Que prova?
– Como posso saber? Cássio é um galanteador, e entre suas coisas já vi vários presentes que decerto devem ter saído do coração apaixonado de mulheres. Outro dia mesmo, vi na mão dele um lenço com bordados de morangos. A senhora...

– Por deus, não me diga isso!
– Que cara é essa, meu senhor? Não me diga que...
– Foi o primeiro mimo que dei a ela.
– Não sei o que dizer, senhor. Hoje mesmo vi o lenço que mencionei. Cássio limpava a barba com ele.
– Seria o mesmo que dei a ela?
– O mesmo ou qualquer outro, sendo dela, é prova muito forte...
– Que ódio!
– Fique calmo, senhor.
– Como posso? Meu sangue ferve nas veias, e nada aplacará a raiva que sinto senão a vingança!
– Coloco-me desde já à sua disposição. Iago lavará a sua honra no sangue de Cássio se assim o desejar.
– Pois aceitarei de bom grado sua generosidade e a oferta.
– Estou às ordens, meu senhor.
– Agradeço e decerto recorrerei a seus serviços.
– Fale.
– Nos próximos três dias, quero que me digam que Cássio morreu.
– Pois morto ele já está. Será feita sua vontade. Mas eu lhe peço apenas um favor.
– Peça.
– Poupe Desdêmona.
– Que baixe aos infernos essa prostituta! Deixe-me sozinho por um tempo, para que eu pense e decida qual o castigo mais adequado para esse belo demônio.
– Se assim o deseja...
– Ah, e mais uma coisa, Iago.
– O quê, senhor?
– Doravante você será o meu tenente.
– De hoje em diante, minha vida lhe pertence, acredite.

CORAÇÃO INQUIETO

"É grande falta. Esse lenço foi dado a minha mãe por uma egípcia, uma feiticeira capaz de ler os pensamentos das pessoas. Ao presenteá-la, assegurou que, enquanto o conservasse, seria imensamente grata e apaixonada por meu pai, e ele, por sua vez, não teria olhos para nenhuma outra mulher. Em contrapartida, se o perdesse ou, pior ainda, se o desse de presente para outra pessoa, os olhos de meu pai passariam a vê-la com repugnância, e seus pensamentos seriam tomados por toda sorte de fantasias abomináveis. Acredite, minha querida, enquanto foi viva, minha mãe em momento algum dele se separou mais do que uns poucos segundos. Os dois foram muito felizes, e somente nos seus últimos dias de vida ela o deu para mim como herança, recomendando que o oferecesse a uma mulher única, na certeza de que ela seria minha esposa. Foi o que fiz e, por isso, sempre lhe recomendei que se acautelasse e o mantivesse junto de si, joia tão cara que foi para minha mãe, chave de sua felicidade e de meu pai. Perdê-lo ou levianamente dá-lo a alguém traria grande desgraça para nós dois."

A lembrança era recente, mas ainda angustiava Desdêmona. Aquelas palavras a inquietaram no dia em que Otelo a presenteou com o lenço e naquele instante a assustavam. Não necessariamente as palavras, mas a maneira como Otelo as repetira alguns minutos antes, quando, a pretexto de livrar-se de uma tosse persistente, pediu-lhe o lenço, e ela respondeu que não o tinha. A maneira como os olhos de Otelo cravaram-se nela, desconfiados, a hostilidade repentina, feita imanente nos últimos dias, a esconder uma acusação silenciosa e incompreensível... Tudo isso era muito estranho. E doloroso.

O que estaria acontecendo?

De onde teriam saído a rispidez dos comentários de Otelo e aquela sibilante impaciência que o levava à brutalidade de respostas curtas e contundentes?

O que ela fizera de errado? Por que o tinha cada vez mais aborrecido e virulento em insinuações ou em um distanciamento tão repentino quanto misterioso?

Por que motivo o percebia cada vez mais contrariado, o coração inquieto no limiar de uma suspeita que custava a crer que fosse causada por alguma coisa?

Não fazia o menor sentido, e naquela manhã não foi diferente. Bastou mencionar o nome de Cássio e revelar que o mandara chamar para conversarem sobre a reintegração dele ao antigo posto que Otelo apertou os lábios com impaciência e resmungou:

– Ainda insiste nisso?

Foi nesse instante que ele falou da bendita tosse que tanto o importunava e solicitou que lhe cedesse o fatídico lenço com que a presenteara ainda nos primeiros dias de namoro.

– Antes não tivesse me dado algo tão valioso... – disse ela, infeliz.

Seus olhos se apertaram, hostis, e Otelo inquietou-se:

– Por quê? Ele o desagrada? Acaso o deu a alguém?

– Porque, se não tivesse me ofertado o lenço, ao menos não me falaria assim, de maneira tão brusca e violenta!

– O que houve? Você perdeu o lenço?
– Não.
– Pois traga-o.
– Repito que não está perdido.
– Pois então devo insistir para o traga!
– Por que age desse modo, senhor? Acredito que seja apenas um pretexto para esquivar-se à sua promessa feita.
– O lenço...
– Mandei chamar Cássio.
– O lenço!
– Você o terá quando eu o encontrar, senhor. E o devolverei sem problema algum, se isso o deixar mais tranquilo e educado.

Otelo grunhiu dois ou três monossílabos incompreensíveis, a contrariedade manifesta em seus olhos estreitos, quase desaparecendo nas feições congestionadas, e saiu apressado, por pouco não se chocando com Emília, que entrava e esquivou-se, assustada.

– Que houve, minha senhora? – perguntou ela.

Pálida e atônita, Desdêmona balançou a cabeça, em uma negativa, boquiaberta, como se buscasse um pouco de ar.

– Nunca o vi assim... – balbuciou depois de certo tempo e a muito custo. – Como eu poderia saber que aquele lenço era tão importante para ele?
– Lenço? Que lenço? – indagou Emília, dissimulando surpresa.
– Um que meu marido me deu quando ainda namorávamos...
– Não acredito. Tudo isso por um simples lenço?
– Nem eu acredito. Se soubesse que era tão importante...
– Que houve? A senhora perdeu o tal lenço?
– Infelizmente... – Desdêmona calou-se de repente e, virando-se para Emília, indagou: – O que você deseja?
– Meu marido está aí com Cássio... – Emília nem concluiu a frase, pois no mesmo instante Iago entrou na sala na companhia do oficial.

Nem o sorriso com que acolheu os recém-chegados conseguiu disfarçar o constrangimento no rosto de Desdêmona.

– O que o traz aqui, bom Cássio? – perguntou, aproximando-se.
– O de sempre, minha senhora – respondeu ele.
– Seu pedido...
– Eu lhe peço, se tudo o que fiz para meu chefe até hoje não for suficiente para que dele eu mereça o perdão, que ao menos disso eu tenha certeza, para que não mais a incomode com meu pedido. Eu detestaria ser motivo de desarmonia em seu lar.
– Por que diz isso?
Havia certo constrangimento no breve sorriso de Cássio quando ele respondeu:
– Iago e eu cruzamos com o general, e ele me parecia bem contrariado.
– Meu bom amigo, devo admitir que minha intercessão a seu favor já experimentou melhores momentos.
Iago mostrou-se preocupado quando, colocando-se entre os dois, perguntou:
– O general está irritado, senhora?
A resposta veio de Emília, que aparentava igual preocupação ao informar:
– Ele saiu daqui ainda há pouco, e era evidente a sua irritação.
– Ele, irritado? Custo a crer. Nem em meio às mais violentas batalhas eu o vi perder a calma e o sangue-frio. Algo muito grave deve estar acontecendo – comentou Iago, e saiu em largas passadas.
– Deus queira que o motivo de tamanho destempero seja algum assunto de Estado e que seu estranho comportamento seja causado apenas por isso. Aliás, deve decerto ser, pois as mudanças em nossa vida se operaram de maneira muito brusca. Nessas ocasiões, tudo é pretexto para extravasar.
– Tenhamos fé de que não passe realmente disso e não sejam sentimentos provocados por ciúme da parte do general.
– Absurdo! Nunca lhe dei motivo para isso.
– Mas aos ciumentos não é necessário nenhum motivo para o ciúme. Eles o têm e pronto.
– Que Deus proteja o espírito de Otelo de tal desgraça!

– Que assim seja, senhora.

– Vou procurá-lo. Enquanto não retorno, fique passeando por aí, Cássio. Caso eu o encontre e ele se mostre disposto a ouvi-lo, insistirei que o receba e acolha seu pleito.

– Serei mais uma vez grato, minha senhora.

Cássio acompanhou Desdêmona com o olhar enquanto a via sair na companhia de Emília, esforçando-se para que ela não percebesse sua frustração. Considerando inútil esperar por mais tempo, abandonou o castelo e já retornava para a cidade quando uma jovem miúda de longo cabelo castanho-acinzentado e pele muito branca o chamou.

– Que faz aqui, Bianca?

Ela sorriu e respondeu:

– O acaso me trouxe até você. Estava apenas de passagem quando o vi.

– Realmente? Pois eu estava pensando em visitá-la.

– Que feliz coincidência, não é mesmo?

– De fato...

– Eu já estava pensando que você havia me esquecido. Quanto tempo faz que não nos vemos? Sete dias? Cento e sessenta horas com mais oito de quebra? Não considera que seja muito tempo para um simpático cavalheiro ficar longe de sua amante?

– Mil perdões, minha doce Bianca. As coisas andaram bem confusas para o meu lado nos últimos tempos, mas eu lhe asseguro que...

– Ah, por favor, Cássio, poupe-me de promessas vazias!

– Como você é injusta, querida.

– Injusta, eu? Longe disso. Eu apenas o conheço bem para não me deixar iludir pela sedução de suas palavras.

– Quanta ingratidão! – Cássio sorriu, zombeteiro, e no momento seguinte ofereceu-lhe o lenço que carregava enfiado na cintura. – Será que ainda pode me fazer um favor? Pelos velhos tempos...

– De onde você tirou isto? – indagou Bianca. – Seria um presente de uma de suas tantas amigas? É a razão de sua ausência?

– Como pode pensar tão mal de mim?

– Eu o conheço bem, seu maroto...
– Pois juro que não se trata de lembrança de alguma amiga.
– Se assim o é, a quem pertence?
– Francamente, não faço ideia. Eu o achei em meu quarto e gostei tanto do bordado que, antes que venham reclamá-lo, pensei em fazer uma cópia do desenho.
– Quer que eu faça tal cópia?
– Poderia me fazer esse favor?

Bianca alcançou-o com um sorriso malicioso e respondeu:
– Não deveria fazer depois de ser tão abandonada de forma tão miserável, mas, como sou pessoa de bom coração...
– Sei bem disso, minha querida.
– Onde o devo devolver?
– Aqui mesmo. Estou esperando o general e não posso perdê-lo de vista. As nossas relações andam estremecidas.
– Eu soube...
– Por isso, não seria prudente afastar-me antes de conseguir falar com ele.
– Compreendo. Seria mais fácil atendê-lo se pudesse me acompanhar.
– Gostaria de fazê-lo, acredite, mas infelizmente o general anda muito contrariado comigo e não posso me arriscar a ficar sem vê-lo e apelar para a generosidade dele.
– Pobre Cássio...
– Então compreende bem a gravidade de minha situação?
– Com certeza.
– Não posso me afastar daqui nem por um segundo, sob pena de perder mais uma oportunidade de...
– Está bem, está bem. Não diga mais nada. Já me conformei com o fato de não o ver mais uma noite.
– Como você é generosa, bela Bianca.

Bianca bufou, desanimada.
– E tenho alternativa? Devo me conformar com as migalhas de seu amor.

TRANSTORNADO

Enredado no próprio ciúme, Otelo deambulou pela vastidão do castelo, e Iago o encontrou sem dificuldade. No entanto, não se aproximou de imediato. Ao contrário, certo de que o via absolutamente transtornado, dominado por ciúme doentio e vencido pela grandiosidade de sua paixão, deliciou-se com a fragilidade do temido guerreiro. Riu-se da maneira tola, ingênua e infantil como o general se deixara enredar por suas insinuações e maledicências. Nau sem rumo, perdida em apavorante tempestade dos sentimentos mais distintos e confusos, assaltada por quantidade absurda de dúvidas, Otelo naufragava no mar traiçoeiro de cada palavra pronunciada por Iago.

Riu-se ao vê-lo zonzo e desorientado, apoiando-se em paredes e pilastras, esforçando-se para não sucumbir ao desespero e até mesmo ao beco sem saída de rancores injustificados e desconfianças exageradas, mas, acima de tudo, construídas na malvada artificialidade das palavras que Iago ia de maneira insidiosa introduzindo em seus pensamentos cada vez mais sombrios, subtraindo-lhe a confiança e, mais adiante, a própria sanidade.

Otelo, em definitivo, não estava bem, ausentava-se com frequência de preocupações inerentes ao cargo recém-ocupado em Chipre em prol da cada vez maior decepção com relação ao amor que, acreditava, Desdêmona lhe devotava. Transformava-se em um homem arruinado e cada vez mais enfraquecido, preocupado com o olhar e o julgamento das pessoas à sua volta, humilhado pela perspectiva de que todos soubessem da traição da esposa e, às suas costas, debochassem de sua condição. Essa inquietação o acompanhava, por sua condição de negro, desde que se integrara às tropas venezianas.

Sólida e profunda trincheira escavara Otelo em relação aos companheiros de batalha. Nutria a crença de melhor ser temido do que amado como forma de vencer o preconceito e a hostilidade latente de muitos em Veneza. Nada o preocupava mais do que o desprezo daqueles à sua volta, e tal preocupação o tornou presa fácil das insinuações de Iago. Houvesse verdade no que ele dizia, insinuando adultério de Desdêmona, insinuando que ela e Cássio o ludibriavam em sua confiança e boa-fé, e toda a respeitabilidade que adquirira de seus comandados cairia por terra. Nada seria pior para um guerreiro temível e comandante respeitado.

Inseguro, Otelo acrescentava novas e descabidas narrativas às insinuações de Iago, sucumbindo aos pesadelos motivados por seus próprios temores.

– Beijar às escondidas? Ficar uma hora ou duas nua no leito? – indagou Iago quando enfim se aproximou e o ouviu balbuciar tais acusações. Riu-se pelo fato de nada ter dito acerca de tal comportamento, certo de que o próprio Otelo, fragilizado, inventara tais acusações.

– O lenço... O que diz sobre o lenço? – insistiu Otelo.

– Ora, meu senhor, sendo o lenço dela, penso que poderia perfeitamente dá-lo a quem bem entendesse.

– A honra de Desdêmona também lhe pertence. Seria caso de ela também dispor da honra como bem entendesse?

– Nada sei sobre tais acusações acerca da honra, mas quanto ao lenço...

– O lenço dado pode levar a ultrajes ainda maiores, Iago.

– Como assim, senhor? Não sei aonde de fato pretende chegar, mas suspeito de que tema que, como ocorre a certos biltres, Cássio faça-se indiscreto o bastante para, valendo-se da posse do lenço, gabar-se da conquista de certa dama.

Otelo esbugalhou os olhos, assustado.

– E ele disse algo? Sob juramento?

– Decerto que sim, meu senhor, mas nada que ardilosamente não seja capaz de negar sob juramento.

– E o que ele disse?

– Que tinha se deitado com ela.

– Meus Deus do céu! – gemeu Otelo, tomado de grave comoção, as pernas bambas e o corpo trêmulo. Sem conseguir se manter em pé, caiu junto de Iago, que recuou, com um sorriso desdenhoso preso aos lábios.

– Pobre idiota crédulo! – disse baixinho o oficial, o sorriso desaparecendo-lhe dos lábios ao ver Cássio aproximar-se, a preocupação estampada no rosto.

– Que houve?

– Ao que parece, o general teve um ataque de epilepsia – respondeu Iago, e os dois agacharam-se em torno do corpo de Otelo. – Não sei que mal o aflige, mas estou preocupado, pois é o segundo desde ontem...

– Precisamos chamar o médico! – exclamou Cássio, nervoso.

– Eu já o fiz... – Iago calou-se e, ao ver Otelo se mexer, informou: – Ele está despertando. Vá, veja por que o médico está demorando tanto.

Cássio anuiu com um aceno de cabeça e afastou-se enquanto Otelo abria os olhos.

– Que houve? – quis saber.

Iago amparou-o e o ajudou a pôr-se de pé.
– Como está, general? Machucou a cabeça?
– Do que está falando, Iago? Acaso zomba de mim?
– De modo algum. O senhor teve um mal súbito e desmaiou.
Otelo indignou-se:
– Que disparate está dizendo, homem?
– Falávamos sobre o que Cássio andou dizendo.
– Ele próprio contou?
– Eu não gostaria de voltar a esse assunto, general.
– Preciso saber o que há, pois apenas assim decidirei o que vai ser de minha esposa.
– Se assim deseja...
– Sim, é o que quero.
– Pois bem, durante seu desmaio, Cássio apareceu e tentou me ajudar. Eu o mandei embora, mas pedi que voltasse para que conversássemos, no que ele concordou. Portanto, se insiste em ouvir da própria boca do criminoso a ultrajante verdade sobre o crime que cometeu, como, onde, de que modo, quantas vezes e quando ele se deitou ou há de se deitar com sua esposa, fique atento, observe e ouça com atenção.
– Prometo estar atento ao que vocês dois disserem, ao menos até que tenha as confirmações de que necessito. Caso consiga saber tudo, lamentavelmente serei sanguinário.
– Compreendo, mas rogo que tenha calma.
– Como eu lhe disse...
– Tudo a seu tempo, general, eu lhe rogo. Tudo a seu tempo.
Otelo aquiesceu, entrincheirado por trás do alheamento do próprio olhar, perdido no vazio de uma quase inconsciência. Estirou-se a um canto, as costas apoiadas em uma das paredes do corredor. Esforçou-se para que Cássio não se apercebesse da dissimulação quando o viu retornar e observá-lo com curiosidade e evidente preocupação.
– Então, tenente, como se sente agora? – perguntou Iago, buscando afastá-lo de Otelo.

Cássio fez um muxoxo de contrariedade e respondeu:

– Não me agrada ser tratado por esse título, que me foi tirado e que tanto me faz falta.

Iago sorriu, investindo suas palavras de um viés tranquilizador.

– Não se preocupe, pois Desdêmona atua em sua defesa e nela você tem forte aliada, que não descansará enquanto não restituir seu posto. – Depois, lançando um olhar oblíquo e malicioso para Otelo, afastou-se alguns passos ao mesmo tempo em que baixava a voz e dizia: – Se seu pedido dependesse de Bianca, não tenho dúvida de que tudo se resolveria num piscar de olhos.

Cássio concordou com um aceno de cabeça, um débil sorriso emergindo de seus lábios.

– Ah, coitadinha dela...

Uma centelha de raiva a muito custo contida fez os olhos de Otelo se iluminarem brevemente, fixos em Cássio.

– Nunca vi mulher que tivesse tanto amor por um homem...

Incapaz de perceber a artimanha em que se enredava, Cássio anuiu:

– Verdade. Ela decerto me dedica grande afeição.

– Não se subestime, tenente. Ela anda por aí, dizendo para quem quiser ouvir, que você irá desposá-la.

– E você acredita nisso?

– Não é verdade?

– Como poderia eu casar-me com uma mulher pública que com tantos outros se deitou? Faça-me o favor! Como poderia acreditar em tal despropósito?

– Corre por aí o boato de que pretende desposá-la...

– Por favor, deixe de brincadeira.

– Que Deus me castigue e todos os demônios do inferno me carreguem se eu estiver faltando com a verdade.

– Isso é coisa dela. Anda alimentando esse disparate por aí. Está apenas se iludindo, pois isso nunca me passou pela cabeça, acredite.

Sem que Cássio percebesse, Iago alteou a voz e estalou os dedos da mão esquerda, chamando a atenção de Otelo. Virando-se para Cássio, insistiu:

– Como assim?

– A bem da verdade, ela me persegue o tempo todo. Basta eu me descuidar e ela aparece, em meus calcanhares, pendurando-se em meu pescoço. Agora mesmo eu a vi lá fora e me vali de seus préstimos...

Otelo cerrou os punhos com irritação. Não fosse a promessa feita a Iago e no mesmo instante se lançaria ao pescoço de Cássio ou o retalharia com sua espada, completamente iludido pelas mentiras ardilosas que o alcançavam.

– Isso é possível? – disse Iago, fingindo incredulidade.

– Preciso me afastar dela.

– Cale-se, homem!

– Por quê?

Iago apontou para o corredor às costas de Cássio e, em um débil sussurro, respondeu:

– Ela está vindo aí.

Cássio virou-se em um salto e deparou-se com Bianca, o semblante congestionado pela vermelhidão de forte contrariedade.

– O que você quer agora, mulher? Por que me persegue dessa maneira?

– Eu é que pergunto: por que me faz de tola? – resmungou Bianca com rispidez.

– De que está falando?

– Sonso! O que pretende fazer com o lenço que me deu ainda há pouco? Por que devo me prestar a fazer uma cópia dele? Acha mesmo que eu acreditei que o lenço apareceu em seu quarto? Tenho quase certeza de que foi presente de uma dessas sirigaitas que você leva com tanto entusiasmo para a sua cama!

– Que loucura!

Bianca vociferou vários palavrões e, num rompante de raiva, atirou o lenço no rosto de Cássio, gritando:

– Tome! Pegue-o e devolva à sua queridinha!

Novos palavrões e desaforos despejaram-se em Cássio antes de Bianca afastar-se, praticamente golpeando o longo corredor com fortes passadas.

– Melhor ir atrás dela, tenente, ou o general vai saber de mais esse escândalo, e sua situação vai piorar – sugeriu Iago.

– Tem razão! – concordou Cássio, saindo no encalço de Bianca.

Mal o viu distanciar-se, Otelo levantou-se e aproximou-se de Iago.

– Que ódio! Como fazer para matá-lo?

– O senhor ouviu?

– Tudo!

– E o lenço?

– Era o meu?

– Sem dúvida. Viu como ele zombava de sua esposa? Ela o dá de presente, e ele o oferece para outra mulher.

– Que ela apodreça, que morra!

– Acalme-se, senhor. Ainda a ama e...

– Você está enganado, Iago! Meu coração já se tornou de pedra, e ela não continuará viva por muito mais tempo.

– Mas o senhor a amou tanto!

– É verdade. Não havia criatura mais doce em todo o mundo. Ela era digna de compartilhar do leito de um imperador, mas agora... agora... Vou deixá-la reduzida a nada! Deus, como ela foi capaz de enganar-me?

– Abominável, senhor, decerto abominável.

– E com meu oficial!

– Ainda mais abominável.

– Arranje-me um bom veneno, Iago. Ela não pode passar desta noite, ou o corpo e os encantos dela me farão desistir de meu intento.

– Por que envenená-la, meu senhor? Estrangule a leviana na cama que ela poluiu com tão vil traição!

De pronto, os dois se calaram, a atenção atraída pelo ressoar de trombetas.

– Que trombeta é essa? – espantou-se Otelo.

– Notícias de Veneza, com certeza. – Ao som cada vez mais próximo seguiu-se a aparição de Desdêmona, caminhando ao lado de um homem de baixa estatura e longa barba grisalha, ambos escoltados por alguns soldados. Iago o reconheceu: – É Ludovico, certamente enviado pelo doge, e sua esposa o acompanha.

– Ele é da família de Brabâncio...

Ludovico aproximou-se e saudou Otelo com entusiasmo:

– Deus o guarde, mui digno general. O doge e os senadores de Veneza lhe enviam saudações.

Otelo apanhou a carta que ele lhe entregou e pôs-se a lê-la.

– Onde está o tenente Cássio? – indagou o recém-chegado, virando-se para Desdêmona e Iago.

– Está vivo e bem, meu senhor – respondeu Iago, lacônico, trocando um olhar constrangido com Otelo, que, contrariado, por um instante desviou-se da leitura da carta.

– Mas por que não está entre nós? Eu o conheço há anos...

– Houve certa desavença entre ele e meu marido, primo – informou Desdêmona. – Espero que você possa ajudar-me a conciliá-los.

Otelo alcançou-a com uma centelha de evidente irritação e resmungou:

– Você parece ter plena certeza disso, não?

Percebendo a evidente irritação no rosto de Otelo e o silêncio constrangido na palidez de Desdêmona, Ludovico contemporizou:

– Bobagem! A carta é bem mais importante.

– Uma lástima – tornou Desdêmona. – Daria tudo para reconciliar a ambos, pelo afeto que sempre dediquei a Cássio.

– Não poderia ser mais discreta, mulher? – censurou-a Otelo.

Desdêmona espantou-se:

– Por que está tão zangado, meu senhor?

Mais uma vez Ludovico interveio:

– Com certeza é efeito da carta que acabo de entregar, pois parece-me que se trata de ordem para que retorne de imediato a Veneza e deixe Cássio em seu lugar.

Desdêmona sorriu.

– Isso muito me alegra. O pobre homem tem passado por maus bocados.

Otelo fulminou-a com novo olhar de contrariedade.

– Eu também fico muito feliz ao vê-la tão despudoradamente feliz...

– Que está insinuando, meu marido? Não entendo...

Fora de si, Otelo a esbofeteou, o que levou Desdêmona a recuar, pasma e assustada, balbuciando:

– Será que mereci receber isso?

Ludovico colocou-se entre os dois, os olhos indo de um para o outro repetidas vezes, sem entender muito bem o que se passava.

– Houve excesso de sua parte, senhor – comentou. – Ninguém acreditaria nisso, mesmo que fosse eu a contar. Desculpas lhe peço, minha prima, e, por favor, não chore mais.

Otelo ofegava, a custo controlando a própria raiva. Depois de uns poucos segundos, virou-se para Desdêmona e rugiu:

– Fora da minha vista, demônia!

– Se assim deseja, será o que farei.

– Tudo me parece muito estranho – admitiu Ludovico, olhando de Otelo para Desdêmona, que se distanciou tão rápido quanto pôde e, por fim, desapareceu no alto de uma escada. – Minha prima é uma mulher tão cordata...

– Cordata, senhor? – repetiu Otelo, impaciente e vivamente hostil, incomodado pela intervenção de Ludovico.

– Sempre o foi.

– Pois então diga agora mesmo o que você quer dela.

– Como assim?

Otelo guardou a carta que ainda tinha em uma das mãos e, como a encerrar o assunto, resmungou:

– Pode sair. Estou ciente das ordens que recebi. Fui convocado a retornar para Veneza e assim o farei o mais depressa possível.

– Se assim deseja...

– Iago vai levá-lo a seus aposentos, e daqui a pouco vou chamá-lo para cearmos juntos. Seja bem-vindo a Chipre.

Nada ou pouquíssimo compreendeu Ludovico. A perplexidade o fez limitar-se a acompanhar Otelo com os olhos enquanto ele se afastava até desaparecer em um corredor à direita.

– Mal posso crer que esse é o nobre mouro que nossos senadores não se cansam de elogiar e proclamar perfeito – disse.

– Ele está muito mudado, senhor... – Iago balançou a cabeça, desconsolado.

– Parece-me que se lhe escapou inteiramente a razão. Terá perdido o juízo?

– Não creio. Ele é o que sempre foi...

– Imagine... Bater na própria esposa! É sempre assim?

– Antes essa bofetada fosse o pior...

– De que está falando, homem? Teria sido a carta que...

– Antes fosse.

– Como é?

– Ah, meu senhor, não sei se devo...

– Diabos o carreguem, Iago! O que está escondendo de mim?

– Será quebra de lealdade revelar o que sei ou tenho visto?

– Não sei.

– Com sinceridade, prefiro que o observe e tire suas próprias conclusões. A conduta de Otelo vai revelá-lo tal como é, poupando-me, assim, de dizer algo em que muito provavelmente não acreditará. Por favor, siga o general e veja com seus olhos como ele de fato procede.

– Terei eu e todos em Veneza nos enganado a respeito dele?

DOR E DECEPÇÃO

Ainda lhe ardia a mão com que esbofeteara a esposa, e a lembrança o deixava mortificado, à mercê de dúvidas que apenas cresciam à medida que lembranças mais antigas e de momentos felizes empalideciam diante da suspeita e da desconfiança geradas pelo ciúme que tomara conta de seu coração.

E se estivesse enganado e não passasse de vítima da própria paixão?

Como explicar ou compreender as noites insones?

Que fazer?

Seria tão frágil o coração de um homem apaixonado?

Doía-lhe a mão violenta e intolerante que agredia e acusava sem maiores explicações. E à mulher amada nem sequer permitia entender tantas acusações e a repentina mudança de comportamento.

Acusador infame!

Criatura intolerante que a todo instante se ocupava em acusar sem permitir que aquela por quem se dizia apaixonado tivesse alguma oportunidade de conhecer todas as acusações que lhe fazia. Otelo patinava na confusão enervante de seus próprios sentimentos, atormentado pelo emaranhado de dúvidas e hesitações em que se enredava a todo momento. Rodava em círculos, ora se envergonhando por desconfiar da mulher que até poucas semanas acreditava amar incondicionalmente, ora se entregando ao mais virulento ciúme, que tudo via e explicava pela perspectiva da traição.

– Nada viu, então? – perguntou Otelo mais uma vez, ao entrar no quarto na companhia de Emília.

– Nada ouvi, nem suspeitas tenho – respondeu ela, com ar preocupado, temerosa do olhar obstinado, inquiridor, do general.

– Mas você já a viu conversar com Cássio?

– Sim, e nada vi de mal. Posso assegurar que ouvi cada palavra que pronunciaram.

– Nem mesmo quando cochichavam?

– Asseguro, senhor, que nunca cochicharam na minha presença.

– Está certa disso? Nunca a mandaram sair para que ficassem a sós?

– Isso nunca aconteceu. Mais uma vez, eu lhe assicuro que sua esposa é honesta e absolutamente sincera. Tire da cabeça pensamentos tão condenáveis e que tanto o incomodam. Se algum biltre o levou a crer em tais despropósitos, afaste-o de imediato de sua companhia e torne-se surdo a tais palavras condenáveis e caluniosas.

– Emília...

– Por favor, senhor, eu lhe peço, não destrua a possibilidade de ser um homem feliz.

Otelo anuiu em silêncio, balançando a cabeça e em seguida pedindo:

– Vá chamá-la, por favor.

Emília saiu apressada e poucos segundos depois retornava na companhia de Desdêmona.

– Que deseja, senhor? – perguntou Desdêmona, com os olhos inchados, vermelhos de tanto chorar.

– Venha até aqui, minha pombinha.

– Que quer que eu faça?
– Permita que eu olhe em seus olhos.
– Que despropósito é esse?
Otelo virou-se para Emília e pediu:
– Pode deixar-me com minha esposa, Emília?
– Certamente, senhor. – Emília olhou para Desdêmona, a preocupação estampada no rosto pálido. Por fim, fez uma leve reverência e saiu.
– Não sei o que se passa em seu coração, meu senhor, e posso lhe assegurar que, desde que me agrediu, tentei em vão encontrar explicação convincente para sua cólera.
– Desdêmona...
– Acredito que mais cedo ou mais tarde serei capaz de encontrar algo que convença a mim mesma.
– Ora, mas que grande atrevimento! – resmungou Otelo, contrariado. – Quem é você?
– Sou sua esposa, senhor, e até agora não encontro explicação para palavras tão duras.
– Insiste que é honesta...
– O céu sabe de tudo.
– O céu bem sabe que você é falsa como o inferno.
– Falsa, meu senhor? Para quem? De que maneira eu tenho sido falsa?
Otelo irritou-se, os olhos marejados de lágrimas.
– Insiste em meras falsidades? – Recuou ao vê-la avançar em sua direção. – Para trás, eu apelo, para trás!
– Santo Deus, por que está chorando, meu senhor? Serei eu a causa dessas lágrimas? Acaso suspeitas que meu pai está por trás da ordem para seu retorno imediato a Veneza? Por tudo o que é mais sagrado nesta vida, não me impute tal culpa!
– Que bobagem está dizendo?
– Estou certa de que meu nobre esposo me considera honesta.
– Oh, sim! Sem dúvida!

– Não acredita? Será isso que de fato percebo em suas palavras tão cruéis? Que pecado cheguei a cometer, sem que o soubesse?

– Terei que dizer? Precisarei de papel fino e delicado, em belo livro transformado, para nele escrever o nome de sua infâmia: "prostituta"? Que pecado você cometeu? Terei que escrever realmente, mulher pública? Quer saber o que fez, rameira descarada?

Desdêmona espantou-se, os olhos esbugalhados fixos na figura temerária e ameaçadora em que se transformara o marido.

– Acusa-me injustamente, senhor!
– Está me dizendo que não é rameira?
– Decerto que não!
– Não é rameira?
– Tão certo quanto sou cristã, não. Não sou nem serei!
– Nesse caso, peço perdão, pois a tinha tomado pela rameira astuta de Veneza que desposara Otelo. – Vendo Emília irromper na porta do quarto, ele encarou a esposa e, ainda irritado, rugiu: – Ah, que bom que retornou. Terminamos por aqui.

Saiu.

Emília, nervosa e trêmula, acompanhou-o com o olhar antes de achegar-se a Desdêmona e perguntar:

– Que loucura, que loucura, minha senhora! Está se sentindo bem?
– Nem sei o que dizer, Emília.
– Boa senhora, não consigo entender. O que aconteceu com meu amo?
– Amo? Quem é seu amo?
– O seu, boa dama.

Desdêmona balançou a cabeça, desconsolada.

– Amo não tenho, Emília. Por favor, na noite de hoje ponha o meu vestido de noiva na cama e chame seu marido.

– Deus seja louvado, senhora. Que aconteceu com seu marido?
– Estou tão confusa quanto você, mas, por favor, vá buscar seu esposo.

Emília saiu e logo depois voltou na companhia de Iago.

– Que aconteceu, minha senhora? – perguntou ele.

– Nem queira saber, meu marido – disse Emília. – Foi horrível! O general está fora de si e a chamou de prostituta.

– Como assim?

– É o que lhe digo. Você deveria estar aqui para ouvir os baixos termos que ele lhe lançou. Eram tão pesados e insultuosos que um coração sincero como o dela mal pôde crer.

Iago virou-se para Desdêmona.

– Tenho percebido a mudança de ânimo do general nos últimos dias...

As lágrimas escorriam pelo rosto afogueado de Desdêmona.

– Sou esse nome, Iago? – perguntou.

– Que nome, senhora?

Emília, extremamente nervosa, antecipou-se à resposta de Desdêmona:

– Ele a chamou de prostituta. Nem o vagabundo mais embriagado teria a coragem de empregar essa palavra contra sua amásia.

– E por que ele o fez?

– Não faço ideia, mas, de todo modo, não sou isso.

– Ele só pode estar louco! – opinou Emília, irritada. – Pobre senhora! Depois de renunciar a tantos pretendentes, de ter virado as costas ao pai e à família, aos amigos e à própria pátria, acabar humilhada e chamada de prostituta! Não é de fazer chorar?

– É o meu destino... – gemeu Desdêmona.

– De maneira alguma, senhora! – protestou Iago. – Sabe como começou essa loucura?

– Não faço ideia.

Emília fez um muxoxo de inconformismo e opinou:

– Quero ser enforcada se tudo isso não for obra de algum vilão diabólico, um pulha insinuante e matreiro que adula e rasteja para alcançar um posto e acredita que o alcançaria inventando semelhante calúnia!

– Que tolice, mulher! Não existe um homem desse jeito.

– Engano seu, meu marido! Nem a loucura explicaria tão repentina mudança de comportamento por parte de nosso general. Como explicar que ele de repente passasse a chamar a mulher que tanto amava de prostituta e a ela até mesmo agredisse? Com quem ela seria capaz de traí-lo, pois por ele moveu céus e terra e aos maiores sacrifícios se lançou sem temor algum? Acredite, o Mouro foi ludibriado em sua boa-fé.

– Não fale tão alto, mulher, pois, se tal pulha realmente existir, pode nos ouvir e nos causar sérias dificuldades.

– Que ouçam todos! Um canalha dessa estirpe, capaz de tamanha maldade e de métodos tão vis, move-se pela traição e não seria capaz de enfrentar nem mesmo uma mulher olhando nos olhos dela!

– Cale-se, eu insisto! – grunhiu Iago. Virando-se para Desdêmona, perguntou: – Posso saber por que me chamou, senhora?

– Ó bondoso Iago, como devo fazer para reaver meu marido? – gemeu ela, aflita. – Por favor, vá falar com ele, pois, por essa luz que me alumia, não sei como o perdi.

– Será que ele me ouviria?

– Só me resta ter esperança de que isso aconteça. Ele o tem na conta de honesto e de plena confiança. Certamente lhe permitirá o que me nega com tanta veemência.

Iago sorriu.

– Sossegue, minha senhora. Acredito que se trate apenas de um capricho passageiro. A bem da verdade, os negócios do Estado o irritam muito, e por isso ele anda vendo coisas onde nada existe, muito menos algo que desabone seu comportamento.

– Gostaria de acreditar que se trata apenas disso. Ouvir o termo "prostituta" me horrorizou. Eu nem sequer teria coragem de pronunciar tal termo e muito menos de realizar o menor ato que me fizesse merecer esse nome.

– Pois posso lhe afiançar que não é nada disso. – Iago calou-se ao ouvir o som de trombetas estrondear através do castelo. – Anunciam a ceia, minha senhora. Os emissários de Veneza decerto a esperam. Apresse-se e deixe o resto por minha conta. Tudo ainda vai acabar bem, asseguro.

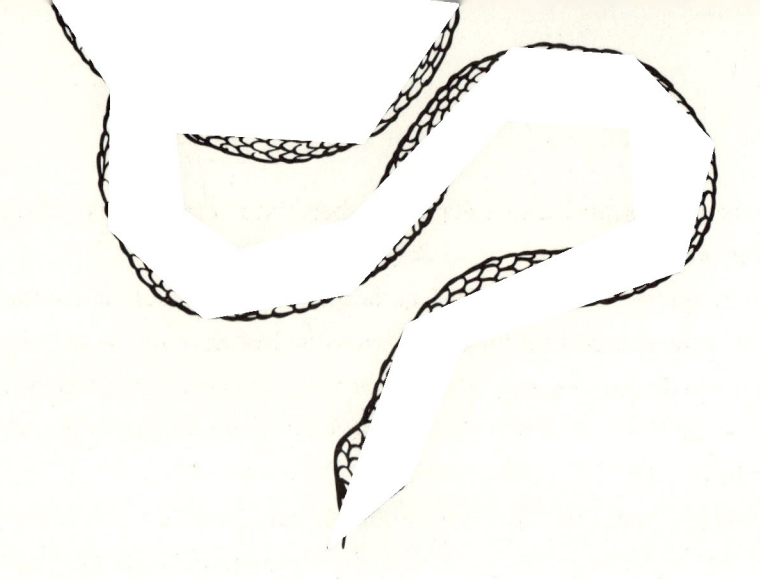

A INSATISFAÇÃO DE RODRIGO

Rodrigo estava irritadíssimo. Mal Emília e Desdêmona se afastaram, ele puxou Iago para um corredor estreito e mal-iluminado. Depois de xingá-lo, rosnou:

– Está sendo desleal comigo, Iago!
– Do que está falando, seu idiota?
– Desde aquela confusão que criei com Cássio, você vem me enganando com toda sorte de pretextos. Acabou, ouviu? Não vou mais suportar que me faça de tolo por mais tempo.
– Cale-se e me ouça só por mais um minuto!
– Por quê? Para que me engane?
– E eu não o ouvi demais, seu salafrário?
– Não seja injusto!
– Eu? Injusto? Você mente o tempo todo para mim e ainda tem a coragem de me acusar dessa maneira? Dissipei toda a minha fortuna por causa das promessas que você me fez e jamais cumpriu. Dei-lhe todas as minhas joias para que conquistasse os favores de Desdêmona,

e você me assegurou que ela as recebeu e que era apenas questão de tempo até que...

— E cumpri a minha parte, garanto... — Iago sacudia a cabeça com vigor, procurando libertar-se das mãos de Rodrigo, que se estreitavam em torno de seu pescoço. Abria a boca com exagero, em busca de ar.

— Qual o quê, mentiroso dos infernos! Estou sendo ludibriado em minha boa-fé!

— Não é bem assim... Você precisa ter paciência...

— Ela esgotou-se! Vou procurar Desdêmona e, se ela devolver minhas joias, na mesma hora desisto de minhas pretensões e volto para Veneza. Caso contrário, garanto que vou atrás de você até no inferno, para tirar satisfações...

— Terminou?

Rodrigo aliviou a pressão em torno do pescoço de Iago e depois de certo tempo o empurrou contra a parede, as feições crispadas, raiva e desprezo misturando-se nos olhos estreitos, faiscantes.

— Sim, mas acautele-se, pois estou disposto a cumprir a promessa que lhe faço — ameaçou.

— Você é um homem de honra, Rodrigo, e portanto assumo que levantou uma justa objeção a meu comportamento até agora. No entanto, eu lhe asseguro que procedo com a maior lisura possível — disse Iago, massageando o pescoço dolorido e avermelhado.

— Não parece.

— Sabe, em seu lugar eu provavelmente estaria alimentando essas mesmas suspeitas. Envergonho-me e admito que pouco entreguei do tanto que lhe disse que daria. Diante de sua coragem, iniciativa e valentia, quedo-me encabulado e, em contrapartida, vejo-me na contingência de redobrar meus esforços e decerto o farei. É dívida assumida e da qual não arredarei pé até que a cumpra por completo.

— Palavras! Palavras! Estou farto da inutilidade de suas palavras, seu embusteiro!

– Isso, isso! Cobre-me! Está em seu direito.
– Sei bem disso!
– Mas pelo menos me dê mais um pouco de tempo.
Rodrigo fulminou-o com um olhar eivado de desconfiança.
– Quanto tempo?
– Não muito. Melhor, uma noite. Isso, dê-me apenas mais uma noite, e garanto que Desdêmona pertencerá a você.
– Uma noite?
– Apenas uma noite. Se não a tiver até a próxima noite, tira-me deste mundo o mais cruel e traiçoeiramente possível. Valha-se dos piores suplícios que...
– Toda essa peroração sem sentido está me cansando, Iago.
– No entanto...
Rodrigo rilhou os dentes com raiva:
– É sempre assim – resmungou, cerrando os punhos e achegando-se a ele. – É sempre assim com você, sempre há um porém... O que você quer?
– Um favor, um último favor que será benéfico para nós dois.
– Vá, diga de uma vez!
– Das inegáveis qualidades que hoje descobri que você tem...
– Deixe de rodeios, seu biltre!
– Sua iniciativa, coragem e valentia.
– Deixe de sofismas e vá logo ao assunto!
– Veio uma ordem especial de Veneza para que Cássio ocupe o lugar de Otelo.
Rodrigo surpreendeu-se:
– Isso é verdade?
– Sim, eu mesmo vi tais ordens.
– Nesse caso, Otelo e Desdêmona terão de voltar para Veneza.
– Não, não...
– Como não? Se esse for mais um de seus joguinhos, eu...
– Ele vai para Mauritânia e levará consigo a bela Desdêmona, a menos que sua permanência em Chipre seja prolongada por algum acidente.

— E de que tipo de acidente estamos falando?
— Não consigo imaginar acidente mais decisivo do que o afastamento de Cássio.
— E o que eu deveria entender por "o afastamento de Cássio"?
— Se alguém lhe estourar os miolos, Cássio ficará incapaz de ocupar o lugar de Otelo.
— E é isso que você deseja que eu faça?
— Se estiver de fato interessado em Desdêmona...
— Não entendo por que uma coisa pode beneficiar outra...
— Mas entenderá no momento em que eu lhe explicitar o que tenho em mente. Então ficará de todo satisfeito e muito interessado de participar do meu plano.
— Não sei, não...
— Não se preocupe, pois estarei por perto para ajudá-lo caso sobrevenha algum imprevisto, o que, de todo modo, tenho certeza de que não ocorrerá. O que não podemos perder é a oportunidade de levar o nosso plano adiante.
— Seria hoje tal empreendimento?
— Não podemos perder tempo. Hoje à noite Cássio vai jantar na casa de uma cortesã, e posso arranjar para que o surpreendamos por volta da meia-noite.

Rodrigo calou-se, o cenho franzido, a hesitação silenciando-o.
— Vamos, não perca tempo! — insistiu Iago. — Venha comigo!
— Ainda não entendi em que isso me ajudará a ter Desdêmona.
— Venha comigo e demonstrarei de maneira cabal como necessitamos da morte de Cássio para realizar seus sonhos de amor e prazer.

EXPECTATIVAS

A noite era escura, fria e estrelada. O vento que soprava na direção da cidade afugentara as grandes e barulhentas multidões que enchiam as ruas e vielas nas proximidades do porto, confinando todos ao silêncio que tomara conta dos prédios amontoados em caótica desordem em qualquer direção que se olhasse. Janelas iluminavam a escuridão como interminável constelação de estrelas precárias. Fatigada e ainda dominada por sentimentos os mais contraditórios possíveis, Desdêmona debruçou-se sobre o parapeito de uma das janelas do quarto e acompanhou Otelo e Ludovico com os olhos até que os dois, escoltados por vários soldados vindos de Veneza na companhia de Graciano, um de seus tios, desaparecessem na escuridão.

Inicialmente, lamentou não ter encontrado o tio que não via há vários anos e que, vindo de Rodes, aportara em Chipre a tempo de acompanhá-la e ao marido em sua viagem de volta a Veneza. No entanto, depois de certo tempo, chegou à conclusão de que nada poderia ter sido melhor e mais conveniente do que a impossibilidade de se reencontrarem, pois com certeza Graciano perceberia sua melancolia e tristeza. E a instabilidade do humor de Otelo levaria tanto ele quanto Ludovico a lançarem-se mais uma vez às muitas críticas acerca das circunstâncias em que ela se casara e que a distanciaram da família.

Não precisava nem das antigas e muito menos de novas críticas, de um extemporâneo resgate de antigos ressentimentos, da tensa animosidade que percebia entre Otelo e sua família quando se encontravam. Não precisava de nada disso, bem quando o marido lhe fora mais uma vez respeitoso e extremamente gentil. Antevendo uma provável e desejada reconciliação, ela o cercou de mimos e gentilezas e comoveu-se com as inúmeras recomendações feitas por ele antes de descer para a cidade.

– Vá se deitar. Voltarei em um instante. Dispense a camareira – pediu ele, e o coração de Desdêmona se encheu de esperanças.

Tudo voltaria a ser como até uns meses antes. O retorno a Veneza muito provavelmente devolveria os dois a território conhecido e a relações mais tranquilas do que as comuns aos campos de batalha e às atribuições de governante, algo que enervavam Otelo e em parte poderiam ser responsáveis por sua repentina mudança de humor.

– E como vão as coisas, senhora? – perguntou Emília, entrando na sala. – Seu marido se mostra mais afável?

Desdêmona sorriu, uma expressão de aparente alívio no rosto cansado.

– Acredito que sim. Estava muito gentil durante o jantar e, ao sair como meu primo, insistiu que eu me deitasse e em seguida a dispensasse.

– Dispensar-me? – Emília espantou-se.

– Essas foram as ordens dele. Por isso, querida Emília, dê-me logo a minha camisola e adeus. Convém não o contrariar.

– Por mim, nem o teria visto hoje.

– Quanto a mim, prefiro esquecer cada teimosia, repreensão e violência de hoje e experimentar o amor que ainda sinto por ele, acreditar que voltaremos a ser felizes.

– Pedirei muito a Deus para que isso aconteça.
– Obrigada, Emília. Rezaremos juntas.
– A propósito, senhora: coloquei na cama os lençóis que me pediu.
– Como muitas vezes somos loucos, não é mesmo, Emília?
– Por que diz isso?
– Ainda há pouco pensei que, se morresse antes de você, eu gostaria que me envolvesses em um desses lençóis.
– Ora, mas que tolice! Não deveria estar ocupando seus pensamentos com ideias tão sombrias, minha senhora.
– Tolice, realmente uma grande tolice. Vou esquecer.
– Faz muito bem.

Emília calou-se, surpreendida por um caloroso e demorado abraço de Desdêmona.

– Obrigada, boa Emília – disse ela, comovida, lágrimas escorrendo-lhe dos olhos brilhantes, uma expressão feliz iluminando o rosto.

Lágrimas também estavam nos olhos de Emília quando ela a apertou contra si e disse:

– Boa noite, minha senhora. Que o céu me ajude para do mal construir a virtude.

EMBOSCADA

Na noite escura, a alma sombria de Rodrigo deambulava em um crescente número de receios e vacilações. Foram-se a convicção e a coragem inabaláveis. O desejo irresistível de possuir Desdêmona terminara no instante seguinte ao temor comum àqueles desacostumados à banalidade da morte, de matar alguém. Cada vez mais se mostrava um homem fragilizado e a sós com suas dúvidas mais recentes, amedrontado, principalmente quando mais uma vez se encolheu e refugiou-se nas sombras. Com Iago a seu lado, instilando-lhe débil confiança, pensou em desistir de tudo.

– Vamos logo! – repetiu Iago em vários momentos, enquanto os dois se entrincheiravam atrás de uma das sólidas colunas que sustentavam a cobertura de uma longa calçada deserta que levava ao porto. – Não tenha medo. Estou por perto.

– Melhor que assim seja, Iago – respondeu Rodrigo, arquejante e tenso. – Posso errar o golpe...

– Bobagem! Não vai errar. Disso depende tudo, não se esqueça...
– Gostaria de não ter aceitado participar disso.
– Que tolice! Concentre-se e logo tudo terá acabado!
– Que seja assim como você diz...
– Coragem! Tudo acabará bem, acredite...

Iago irritou-se. Tivesse outra alternativa, antes de mais nada mataria aquele boquirroto. Naquele momento, ele se apresentava mais como um estorvo e poderia pôr tudo a perder com seus temores. No entanto, faltavam-lhe outras possibilidades, a não ser, obviamente, torcer para que tudo desse certo, o que incluía sua participação. Esperava que ele matasse Cássio ou que Cássio o matasse, ou, melhor ainda, com um pouco de sorte, que os dois se matassem. Nada seria melhor do que tal hipótese, pois, se um deles sobrevivesse, seria obrigado a matá-lo. Se fosse Rodrigo, inevitavelmente exigiria a devolução do ouro e das joias que lhe dera para presentear Desdêmona, e nada restava para ser devolvido. Por sua vez, se Cássio escapasse da morte, teria tempo de conversar com Otelo, o que permitiria ao mouro descobrir que ambos haviam sido vítimas de grande engodo. De um jeito ou de outro, teria de envolver-se de maneira direta, matando o sobrevivente.

– Ele está vindo, Rodrigo! – gritou, sobressaltado, quando passos se aproximaram, estalando na laje fria, a chama tremeluzente de um dos archotes ao longo da calçada iluminando a figura elegante de Cássio. Iago recuou de pronto e escondeu-se atrás de outra coluna, sussurrando: – Apresse-se, homem!

– Não se preocupe. Conheço bem o passo dele. – Rodrigo desembainhou a espada e investiu contra o vulto esguio de Cássio quando este se pôs a seu alcance. – Morra, biltre!

Apesar de surpreendido, Cássio recuou e escapou da lâmina reluzente ao mesmo tempo em que desembainhava a sua. E, antes que Rodrigo se refizesse e partisse para nova investida, atingiu-o com certeiro golpe no peito.

– Meu Deus! – gemeu Rodrigo, os olhos esbugalhados e fixos na grande mancha de sangue que encharcava seu casaco. – Estou ferido!

Iago o xingou. Seu plano estava prestes a fracassar e não havia outro jeito de não pôr tudo a perder. Abandonou seu refúgio atrás da coluna e lançou-se sobre Cássio, golpeando-o na coxa esquerda e desaparecendo na escuridão.

Estirado no chão, próximo de Rodrigo, Cássio brandia a espada furiosamente, procurando atingi-lo, ao mesmo tempo em que gritava:

– Assassino! Assassino! Estão tentando me matar!

Rodrigo rolava de um lado para outro, esquivando-se dos repetidos golpes, medo e desespero misturando-se em seus olhos arregalados.

Otelo ouviu os gritos desesperados e deu alguns passos na direção de ambos. Reconheceu a voz de Cássio e parou, permanecendo a distância, escondido entre as colunas, tomado por selvagem satisfação. Iago cumprira a sua promessa e, dentro de pouco tempo, Cássio estaria morto. Desdêmona acabaria só e, muito em breve, morta, pensou, afastando-se.

– Rameira dos infernos! – disse, entre os dentes, distanciando-se ao mesmo tempo em que Ludovico e Graciano, vindos de outra direção, achegavam-se a Cássio e Rodrigo. – Seu destino está selado!

Acusações eram trocadas de parte a parte. Tanto Rodrigo quanto Cássio buscavam atingir um ao outro com as lâminas ensanguentadas, golpes desfechados a esmo por seus braços enfraquecidos.

– Assassino! – berrou Rodrigo, esperneando depois que a espada lhe escapou das mãos, tentando atingir Cássio com os pés e esforçando-se por mantê-lo afastado. – Ajudem-me! Ajudem-me!

Cássio lhe desferiu outro golpe.

– Quem vem lá? Quem vem lá? – continuou gritando, desesperado, aqui e ali percebendo o vulto de dois homens que os observavam a distância. – Chamem a ronda!

Graciano e Ludovico continuaram parados por certo tempo, desconfiados, entreolhando-se sem saber o que fazer ou mesmo se deveriam aproximar-se do estranho combate.

– São dois ou três gemidos diferentes... – observou Graciano.

Ludovico desembainhou a espada e, dando um passo à frente, desconfiou:

– Está muito escuro. Pode ser fingimento. É perigoso irmos lá sem algum reforço.

Calaram-se quando Iago surgiu às costas deles, carregando um archote nas mãos.

– Quem está aí? Quem apela por socorro? – insistiu Iago, o clarão da forte chama identificando-o para Ludovico.

– É Iago, o alferes do general – disse ele.

Cássio o reconheceu e chamou, gritando:

– Sou eu, Iago.

– É você, Cássio? – insistiu Iago.

– Sim. Fui atacado por alguns desconhecidos. Ajude-me!

Iago adiantou-se a Ludovico e Graciano e alarmou-se ao tropeçar no corpo ensanguentado de Rodrigo, a surpresa convertendo-se em grande temor ao perceber que ele ainda estava vivo. Enquanto estendia uma das mãos em sua direção, ele chamava com insistência:

– Aqui! Por favor, eu estou aqui!

Confuso e paralisado pelo medo, Iago olhava de um para outro, percebendo a rápida aproximação de Ludovico e Graciano, enquanto Rodrigo insistia e apelava por ajuda.

– É um dos meliantes! – gritou Cássio, apontando para Rodrigo.

Alcançado pelos apelos, Iago desfez-se do próprio imobilismo e, para espanto de Rodrigo, aproximou-se. O archote caiu-lhe das mãos em uma chuva de fagulhas e, no momento seguinte, Rodrigo viu um punhal surgir na mão de Iago.

– Vilão! Maldito assassino! – Iago o xingou, ao mesmo tempo em que o golpeava seguidas vezes.

– Maldito Iago! Cão assassino! – retrucou Rodrigo, encolhendo-se, horrorizado, esquivando-se como podia ao ataque enfurecido.

– O que se passa aqui? – perguntou Ludovico, aproximando-se e interrompendo o ataque de Iago.

– Cássio foi ferido por ladrões! – gritou Iago.

– Feriram-me na perna – aduziu Cássio.

Nesse momento, Bianca abriu caminho aos empurrões e ajoelhou-se junto ao corpo de Cássio, aflita.

– O que houve com você, querido? Quem o feriu desse jeito?

Ela o abraçou, choramingando. Aproveitando-se da confusão e do aparecimento de outras pessoas, as chamas de outros archotes multiplicando a luminosidade crescente, Iago rumou para Rodrigo, crivando-o de perguntas, o punhal ensanguentado na mão, esperando melhor momento para golpeá-lo novamente.

– Suspeito que esse sujeito tem algo a ver com o crime – disse, os olhos inquietos temendo a proximidade de Ludovico e Graciano. – Seu rosto não me é desconhecido. – Calou-se por um instante e voltou a dizer: – Deus do céu, é um de meus conterrâneos... É você, Rodrigo? Com certeza, é sim.

– Aquele de Veneza? – surpreendeu-se Graciano, de pé atrás de Iago.

– Acaso o conhece? – dissimulou Iago.

– Certamente!

Dois homens trouxeram uma cadeira e ajudaram Cássio a sentar-se nela.

– Conhece este homem? – perguntou Iago, apontando para Rodrigo ainda estirado no chão, ensanguentado. – Entre vocês dois havia alguma coisa?

– Nunca o vi... – respondeu Rodrigo.

Imediatamente, Iago virou-se para Bianca e perguntou:

– Por que fica tão pálida, mulher? Viram, senhores? Notaram a palidez inequívoca da culpa? Sim, a culpa se trai, embora a língua fique muda.

– Não estou pálida! Está insinuando alguma coisa?

Todos se calaram por uns instantes quando Cássio, semi-inconsciente e sentado em uma cadeira, foi levado para dentro de um prédio próximo.

Emília, saindo do meio da multidão crescente e barulhenta, quase se chocou com o corpo de Rodrigo, estirado em um estrado de madeira.

– Que aconteceu, marido? – perguntou, achegando-se a Iago.

– Cássio foi atacado por Rodrigo e outros sujeitos que fugiram.

– E como ele está? – perguntou Emília, aflita.

– Nada bem. Rodrigo morreu.

– Que coisa mais estranha, não?

– Realmente. Mas agora temos muito o que fazer...

– Do que está falando, meu marido?

– Tenho que descobrir onde Cássio ceou ontem à noite.

Bianca, irritada, olhou para um e para outro e disse:

– Ceou comigo.

– Ah, se foi assim, terá que me acompanhar...

– Por quê?

– Você deve saber bem mais do que diz sobre esse vil atentado contra nosso bom amigo Cássio.

– Tudo o que sei já lhes contei.

– É o que veremos, é o que veremos...

DESENLACE DE SANGUE

Em noite fria e de poucas estrelas, Otelo esgueirou-se para dentro do quarto e viu Desdêmona ressonar na cama imensa, onde ele não mais se via, mas, antes, sofria por sua ausência. Perda irreparável. Sabia que não mais se deitaria ali nem lhe faria companhia. Felicidade passageira, um hiato em uma existência atribulada e sofrida. Seu único prazer na vida sempre fora combater inimigos temíveis e fartar-se no sangue de milhares de homens.

Deixou-se vencer por tais lembranças simplesmente por temer outras, bem mais recentes. Por um instante quis acreditar, quis enganar-se, voltar-se sobre tanto ódio e até ignorar a traição da mulher amada; enfim, quis voltar a amá-la.

Impossível. Não conseguiria. Forças bem maiores do que o grande amor que sentiria para sempre por ela o impediriam e talvez piorassem as coisas.

Vergonha. Infâmia. O desdém surdo, porém persistente, de muitos que meses antes tremeriam simplesmente por vê-lo ou partilhar a mesma calçada. Estava certo, não tinha a menor dúvida de que a virtude e a honra jamais permitiriam que fosse feliz outra vez. Nada seria como antes depois daqueles dias infernais em Chipre.

Chorou. A satisfação por acreditar que Cássio estivesse morto não aplacou a dor e a vergonha que sentia; desfez-se depois de uns poucos minutos, substituída pela férrea determinação de dar um fim a tanto sofrimento e agonia. Deveria matar Desdêmona. Era o que se impunha.

Perdeu-se em horas vazias, mas excepcionalmente tormentosas, sem saber como fazer. Precisava tirar-lhe a vida sob pena de sofrer mais humilhação ou de encontrá-la na cama de outros homens. Em momento algum macularia a brancura aveludada de sua pele com o vermelho angustiante do sangue vertido pela ponta da faca ou da lâmina implacável da espada que tantas vidas ceifara sem dó e sem piedade. Precisava matá-la. Era imperioso que a privasse da vida. Não questionava o fato e já imaginava como acabaria aquele pequeno drama. Iria sufocá-la. Estrangulá-la ou se valer de uns travesseiros para roubar-lhe o ar e, com ele, a vida. Aproximar-se, todavia, acrescentou novos impasses àquela decisão.

Ao roçar seus lábios nos dela, estremeceu, inquieto e vitimado por conhecido frêmito de paixão. Belas e sedutoras lembranças se multiplicaram em sua mente. Apossou-se dele extrema vergonha, poderosa hesitação da qual, a muito custo, conseguiu se libertar. Tocar-lhe a maciez da branca pele o levou a pensar em estreitá-la nos braços e apertar até que se esquecesse de tudo o mais para voltar a amá-la. Mais e mais lágrimas lhe vieram aos olhos diante da certeza de que seu amor não sobreviveria por muito tempo, mesmo embriagando-se no hálito sedutor de suas mais delicadas palavras. Recuou, vacilante, o quarto escuro girando, quase o prostrando no chão. Foi mais ou menos nesse instante que ela abriu os olhos e o observou, iluminado pela precária luminosidade de uma candeia.

– Otelo? – chamou, surpreendida. – É você, meu senhor?

– Sim, querida.

– Por que está aí, parado, e não vem logo se deitar?
– Você rezou nesta noite, Desdêmona?
– Decerto que sim, meu senhor. Por que pergunta?
– Se você se lembrar de alguma falta não perdoada...

Desdêmona sentou-se à beira da cama e lançou-lhe um novo olhar de inquietude.

– Por que está falando dessa maneira? Que pretende com tais palavras, Otelo? O que o preocupa?
– Zelo apenas por sua alma imortal...
– Não entendo...
– Não lhe matarei a alma...
– O que o atormenta, meu senhor? Por que insiste em falar de matar?
– Você bem sabe.
– Asseguro-lhe que nada sei a esse respeito. Contudo, sinto medo, pois é terrível quando revira os olhos dessa maneira. Não sei dizer qual a razão de tanto medo, pois não sou culpada daquilo de que me acusa.
– Pense nos seus pecados.
– Só consistem no amor que vos dedico.
– Pois é exatamente por causa dele que vai morrer agora.
– O que está me dizendo? Perdeu a razão?
– O lenço que lhe dei e que eu tanto amava...
– Que tem ele?
– Você deu a Cássio, não negue!
– Negarei e negarei quantas vezes forem necessárias.
– Mentirosa! Infame meretriz!
– Se de mim desconfia, mande chamar Cássio e o interrogue. Nunca amei Cássio e sempre dediquei amizade a ele. Na verdade, em momento nenhum lhe dei algum presente.
– Pelos céus, como é capaz de mentir dessa maneira? Eu mesmo vi o lenço com ele.
– Eu perdi o lenço e decerto ele o encontrou. Vamos, mande chamá-lo...
– Impossível! Mas não importa. Ele já confessou.

– Confessou o quê? Não há nada a confessar.
– Pois ele confessou que a possuiu.
– Absurdo! Insisto que o chame. Quero ouvir de sua própria boca.
– Impossível! Ela foi tapada para sempre pelo honesto e leal Iago.

Desdêmona empalideceu, os olhos enormes fixos no marido.

– Pobre de mim! – gemeu ela. – Você foi enganado e, por isso, eu estou perdida.

– Então vai chorar por seu amante na minha frente, prostituta infame?

– Por favor, meu senhor, poupe-me a vida, eu lhe peço...

Tudo se deu de repente. O desenlace trágico consumou-se pouco depois que Otelo lançou-se sobre Desdêmona e suas mãos estreitaram-se em forte e invencível aperto em torno do pescoço dela, apertando, apertando, apertando, cego ao brilho súplice que se apagou bem rápido em seus olhos, surdo aos gritos desesperados de Emília, que irrompeu quarto adentro depois de golpear brevemente a porta até abri-la.

– Um crime horrível aconteceu lá fora – informou a recém-chegada, olhando por sobre os ombros de Otelo e buscando Desdêmona, que jazia, inerte e silenciosa, estirada na cama. – Cássio matou um moço de Veneza chamado Rodrigo.

– Quê? Rodrigo está morto? Cássio também?

Os olhos de Emília zanzavam de modo persistente e inquieto pelo quarto às escuras, a chama tremeluzente da candeia iluminando fracamente o rosto de Desdêmona oculto pela vasta cabeleira, e de Otelo, que se colocava entre ela e sua patroa.

– Cássio não foi morto, senhor – respondeu, calando-se quando uma voz soou atrás de Otelo. Era Desdêmona, que murmurava, fraca, algo como...

– Assassinada injustamente... Morro e morro inocente.

– É a senhora! – Os olhos de Emília alcançaram os de Otelo, acusadores, antes de ela correr, sentar-se na beira da cama e abraçar-se ao corpo agonizante de Desdêmona: – Fale de novo, minha senhora. Quem fez isso?

– Ninguém ou eu mesma, quem se importará? Por favor, faça com que meu marido lembre-se sempre de mim... Morro inocente... morro inocente...

O corpo de Desdêmona pendeu nos braços da camareira. Estava morta. Otelo aproximou-se, a expressão desorientada.

– Quem poderá tê-la matado? – gemeu, a voz rouca, quase inaudível.

Emília o encarava, amedrontada e buscando a porta escancarada do quarto, de onde vinha uma confusão de vozes preocupadas.

– Quem poderá saber? – respondeu, trêmula e amedrontada.

– Mas eu direi quem foi?

– O senhor sabe?

– Como não? Fui eu que matei essa rameira!

– O senhor não sabe o que diz! Ela lhe era completamente fiel...

– Cássio a manchou. Se não acredita em mim, pergunte a seu marido. Ele está a par de tudo o que aconteceu.

– Meu marido?

– Sim, seu marido.

– Ele lhe disse que a senhora o traiu com Cássio?

– Iago foi o primeiro a me prevenir contra Cássio e Desdêmona. Você tem sorte. Ele é um homem muito honrado e...

– Deus do céu, não é possível! Meu marido afirmou que a senhora era falsa?

– Sim, mulher, ele mesmo.

– Maldito seja! Ele mentiu descaradamente.

– Como?

– O senhor matou uma mulher inocente e tola cujo único erro foi a escolha que fez ao apaixonar-se por você, seu estúpido! Como pôde ser tão ignorante e néscio? – Ao ver Graciano e Iago entrar de repente no quarto, à frente de outros soldados, Emília correu ao encontro do grupo, gritando: – Ele a matou! Ele a matou!

– Que houve, general? – perguntou Graciano. – Que aconteceu?

Ao ver Iago achegar-se a ela, Emília resmungou:
– Ah, está aqui também, não é mesmo, seu biltre?
– De que se trata? – insistiu Graciano, os olhos indo de um para outro.

Emília continuava olhando fixo para o marido e, indignada, apontou para Iago de maneira acusadora e rosnou:
– Vamos, desminta esse vilão, se você for homem. O general afirmou que foi por você que soube que a esposa era infiel e que, por isso, ele a matou. Tenho certeza de que você não poderia ter dito isso. Não seria tão vil. Vamos, fale de uma vez!

Todos os olhos voltaram-se para Iago, que se encolheu, constrangido.
– Nada fiz além de dar minha opinião sobre fatos que ele mesmo julgou verdadeiros ou, pelo menos, crível... – gaguejou.
– Não me tome por tola, patife – rugiu Emília. – Você disse ao Mouro que a senhora lhe era infiel?

Iago baixou os olhos e admitiu:
– Disse.
– Que infâmia! – Emília correu os olhos pelos rostos carrancudos e hostis de Graciano e de todos que o acompanhavam. – Por minha alma, garanto que ele mente. É um pervertido. A senhora nunca se envolveu com Cássio, acreditem. Ela era fiel ao Mouro, que, por causa de todas essas mentiras, matou a própria esposa inocente.

Sentindo-se acuado, Iago empurrou a esposa e ameaçou esbofeteá-la, resmungando:
– Dobre a língua, víbora infernal, e saia logo daqui antes que eu a arranque com minhas próprias mãos!

Emília recuou, assustada, e aos berros continuou:
– Preciso dizer tudo! De maneira alguma ficarei quieta!
– Seja prudente e vá logo para casa, mulher!

Emília apontou um dedo para Otelo, acusadora:
– Ele matou a própria esposa, mas parte da culpa é minha, que encontrei o lenço que o Mouro deu à senhora e o dei a meu marido!

— Cale-se, eu lhe ordeno! Cale-se, demônia!
— Como o lenço foi parar nas mãos de Cássio? Decerto não como presente da senhora, mas por meio de alguma artimanha de meu marido.

Iago a xingou e tentou agredi-la, mas Graciano impediu com o próprio corpo, empurrando-o na direção de alguns soldados que o manietaram pelos braços.

— Falsa! Maldita! — gritou ele, esperneando ferozmente, fora de si.

A confusão aumentou quando Otelo levantou-se e arremeteu contra Iago no mesmo instante em que este se desvencilhou das mãos dos soldados e apunhalou Emília.

— Deus do céu! — espantou-se Graciano, vendo-o correr para fora do quarto, os soldados em seu encalço. — Ele matou a própria esposa!

— Vamos trazê-lo de volta, meu senhor — assegurou um dos soldados, entregando um segundo punhal a Graciano. — Guarde esta arma que tomei ao Mouro e nem pense duas vezes se tiver de usá-lo. Ele é um guerreiro temível.

Graciano apanhou-o e, ao se voltar, surpreendeu-se ao sentir a ponta de uma espada roçar-lhe o queixo. Otelo a empunhava e a usou para tirar o punhal da mão dele.

— Eu trouxe essa antiga espada sarracena da Espanha — informou. — Mas nada tem a temer, pois mal algum lhe farei. Cheguei ao fim de minha viagem e nada tenho que me prenda a esta vida, pois a minha última possibilidade de ser feliz não existe mais. E pior: eu mesmo me livrei dela.

Calou-se ao ver Ludovico surgir na porta do quarto, à frente de vários soldados que carregavam Cássio sentado em uma cadeira e escoltavam Iago.

— Que desgraça você me levou a fazer com mentiras, biltre? — rugiu Otelo, golpeando Iago com a espada.

Ludovico colocou-se na frente de Iago e, encarando Otelo, gesticulou para os soldados que se aproximaram do general.

— Tomem a espada do Mouro — ordenou.

Iago aparentava estar despreocupado quanto a seu destino ou ao sangue que escorria de seu peito.

– Não arrisque seus homens por mim, senhor. Estou apenas ferido...

– Que me interessa isso? – desdenhou Otelo. – Se eu quisesse matar, você já estarias morto...– Virou-se para Ludovico e esperou que ele dissesse alguma coisa.

– Fique com a sua espada, general. Não tenho interesse por ela – afirmou Ludovico. – O que não entendo é como um homem que já foi tão excepcional guerreiro se deixou levar pelas artimanhas de um celerado rancoroso como esse. Que dirão de você?

– Digam o que quiserem, não me importo. Espero que me considerem um assassino honrado, pois foi pela honra, e não por ódio, que fiz o que fiz.

Ludovico apontou para Iago e afirmou:

– Esse patife já confessou em parte as vilanias que praticou, mas algo ainda me incomoda.

– E o que seria?

– Você tramou com ele o assassinato de Cássio?

– Assim o fiz.

Cássio surpreendeu-se:

– Eu nunca lhe fiz nada, meu general.

– Disso estou certo e lhe peço perdão. Pergunte a esse demônio...

Iago sorriu, com ar despreocupado.

– Não perca seu tempo, general – debochou. – O que você sabe, trate de guardar onde bem entender, pois de agora em diante nada mais direi.

– Oh, miserável!

Otelo deu dois ou três passos na direção de Iago. Ludovico colocou-se entre os dois e, visivelmente constrangido, informou:

– Lamento, general, mas terá de deixar este quarto para me acompanhar. Como você sabe, Cássio assumirá seu comando aqui em Chipre. Quanto a esse bandido, reservamos para ele um castigo especialmente doloroso.

– Confesso, meu amigo, que isso pouco me interessa – disse Otelo. – Peço-lhe, no entanto, que, em nome dos relevantes serviços que prestei à República, em suas cartas, ao relatar esses tristes fatos, fale de mim tal como sou, sem exagero ou malícia. Apelo à sua generosidade para que declare que amei bastante, mas com certa imprudência, e que, por não saber ser tão ciumento, fui levado a excessos e à própria ruína, não podendo viver depois disso.

Otelo calou-se e, diante de todos, apunhalou-se.

– Desenlace de sangue! – gemeu Ludovico. – Que tristeza!

Ele, Graciano e alguns soldados aproximaram-se da cama onde Otelo caíra sobre o corpo de Desdêmona. Limitaram-se a observar silenciosa e respeitosamente seus últimos momentos.

– Dei-lhe um beijo antes de matá-la, minha querida. Agora só me resta morrer beijando a mulher que tanto amei.

Ludovico tudo viu e pouco falou sobre os tristes acontecimentos que redundaram na morte do temível guerreiro mouro e de sua amada esposa, Desdêmona.

– Quando estiver a bordo, escreverei para o senado relatando tudo isso, com o coração dilacerado pela dor – assegurou Ludovico antes de partir da ilha de Chipre.